탱자

탱자

봄날의책 한국산문선
근현대 산문 대가들의 깊고 깊은 산문 모음

박미경 엮음

봄날의책

차례

1

2

3

4

1

오규원

한 양종洋種 나팔꽃과 함께

E형. 나의 일과는 아침마다 2층에 있는 내 방까지 모가지를 좌우로 비틀며 기웃거리는 한 양종洋種의 나팔꽃과 만나면서 시작됩니다.

이 양종의 나팔꽃은 아래층의 뜰에서부터 나사 모양의 허리를 비틀면서 저희들끼리 껴안고 2층의 내 방의 창문까지 모가지를 야들야들 흔들면서 '헤헤헤' 하고 웃고 있는 것입니다. '헤헤헤 헤헤헤'라고밖에 할 수 없는 것이 그것들의 모가지가 꼭 한두 살배기 애기 모양 제멋대로 바람에 건들거리는데 그 모가지가 또한 참으로 포송포송 간질간질하여 웃고 있다고밖에 표현할 길이 없는 까닭입니다.

이 양종의 나팔꽃은 한종韓種의 그것과는 달리 여자들의 블라우스 앞가슴에 매달린 단추같이 앙증스런 꽃을 피워 올립니다.

나는 아침마다 저렇게 부드러운 것이 2층까지 기어올라온 게 귀여워서 잘 자라라고 아이들 몰래 바지 앞단추를 따고 뿌리에다 쉬를 합니다. 그때마다 우리집 요크셔테리어종種 위타는 나의 그 꼴이 신기한 듯 고개를 바짝 쳐들고 봅니다. 허리를 약간 엉거주춤하게 앞으로 내밀고 고개는 옆으로 돌려서 위타를 보고 웃는 그때의 내 웃음은 이 양종의 나팔꽃 웃음을 닮아 있습니다.

나는 커튼을 두껍게 치고 잡니다. 잠을 깨고 싶지 않기 때문입니다. 아침의 햇살은 보기보다 음흉하여 웃으면서 우리들 감각의 제일 약한 부분을 간질이기 마련입니다.

내가 눈이 형편없는 것을 아는 아침은 언제나 내 눈을 시리게 하여 잠을 깨우므로 두터운 천으로 된 커튼으로 마치 벽돌 쌓듯 동남쪽을 쌓아버립니다. 그러므로 내 방은 커튼만 치면 언제나 밤입니다. 그 속에서 나는 남의 부지런함과 일찍 일어나는 습관과 그들 삶의 아름다운 성실을 부러워하며 부러워하는 즐거움으로 여전히 늦잠을 즐깁니다.

커튼을 걷었을 때 그때 한꺼번에 쏟아지는 햇살은 그러므로 눈부시다 할 만합니다. 단번에 내 발가락 사이의 때까지 집어 들고 코앞에 내밀 정도로 쏟아져 들어오는 탓입니다. 눈을 몇 번 껌벅거리고 그리고 하품을 하고 입맛을 두어 번 다시고 나서 어딘가 좀 미진한 구석이 남은 잠의 유혹을 뿌리치듯 커튼을 걷으면 그때는 언제나 밖에서 기다리고 있던 햇살이 같은 크기의 네모로 깎아놓은 투명한 얼음 덩어리가 통째로 들어오듯 들어옵니다.

그때는 이미 오전반 큰녀석은 학교에서 자기 짝과 장난

이 시작된 지 이미 오랜 시간이 경과된 후쯤이 보통이며 오후반의 작은놈이 마루를 뒹굴며 무엇으로 저 게으르고 일방통행인 아버지를 좀 골탕 먹일까를 한동안 궁리하며 몇 번이나 2층을 흘끗거린 뒤가 됩니다.

그러나 나는 조금도 아래층의 작은놈의 작전에 말려들 생각이 없습니다. 나는 어정거리며 2층에 붙은 손바닥만 한 베란다의 손잡이를 감고 있는 무려 스물여덟이나 되는 양종 나팔꽃의 모가지와 눈장난을 벌입니다. 그 '헤헤헤'라고밖에 적을 수 없는 웃음을 보며 '헤헤헤……' 따라 웃다 보면 어느새 잠이 좀 깨어 있습니다.

베란다 바닥에는 어제 떨어진 꽃송이들 위에 여자들의 블라우스 앞가슴 단추같이 작고 동그란 입모양을 한 빨간 나팔꽃들이 또 여남은 개 떨어져서 찌그러져 있습니다. 그것들이 놓인 베란다는 마치 귀금속상의 진열장을 연상시킵니다.

이 양종 나팔꽃은 이상하리만큼 꽃이 작은데도 불구하고 잎은 한종과 조금도 다름이 없습니다. 잘생긴 남자아이의 손바닥 모양을 하고 제법 가슴까지 쭉쭉 펴고 있어 가만히 보고 있으면 여린 줄기가 거짓말 같습니다. 줄기가 뻗었는가 하면 어느새 잎이 나올 준비가 되어 있고 잎이 고개를 비죽 내밀었는가 하면 줄기는 어느새 예例의 그 간지러운 모가지를 한뼘은 더 키워놓고 있습니다. 때문에 우리집 한쪽은 커튼이 없어도 좋게 되었습니다. 봄에 심을 때는 저게 자라기나 할까 하는 걱정이 되도록 난쟁이이던 녀석들이 이제는 저희들끼리 오른쪽으로 비비꼬며 안고 또 안고 기어오르는 통에 바람이 불 때는 제법 '스스스, 스스스스······' 하는 저 아래로부터 시원함이 젖어 오르는 지하수地下水의 목소리를 냅니다. 이 소리를 듣고서 언제나 내가 잠을 다시 한번 깬다고 하면 틀림이 없습니다. 이때의 잠깸은 물론 생리적 의미의 그것이 아니라 내가 어디에선가 발하고 있는 내 기침 소리를 듣는 것입니다.

1밀리미터에서 1.5밀리미터 미만의 지름을 가진 한 줄기가 지상地上에서 시작하여 수직의 허공에 매달린 줄을 타고 타래실 모양 10여 미터의 길이로 뻗으면서 비비 허리를 죄면서 거기다가 5센티 미만의 간격으로 좌우로 잎을 매달고 또 수십 개의 꽃을 매달고 있는 모습을 연습 삼아 자세히 보아도 이건 지상의 한 기적입니다.

부박한 땅에서 얼마만큼의 먹을 것이 있는지는 몰라도

최소한 내 2층의 베란다에까지 수분과 영양을 그 지름이 1밀리미터 혹은 1.5밀리미터 미만의 줄기가 공급할 수 있다는 자체가 나에게는 기적으로 보입니다. 이것을 이 기적의 생리와 성장의 비밀과 놀라움을 매일 연구하듯 개미 몇 마리가 항상 그 줄기를 타고 오르내리곤 합니다. 아니 오르내리곤 한다기보다 그 줄기의 미로를 헤매고 있습니다. 이 미로의 순례자 뒤를 따라가 보면 아래에서 위로 곧장 올라오거나 또는 위에서 곧장 아래로 내려가는 자를 발견하지 못합니다. 그것은 이 양종 나팔꽃의 줄기와 비비꼬임과 잎과 꽃의 속삭임에 길을 잃은 탓입니다.

내가 아침을 먹을 시간쯤이면 이 양종의 꽃은 벌써 내가 앉은 마루에 아라베스크의 무늬를 내 머리 위에 떨어뜨립니다. 이 흔들거리는 아라베스크 무늬 아래서 수십 혹은 수백의 화폐 단위가 아닌 그저 백원 단위의 한 꽃씨를 키우는 가난한 자의 행복을 나는 아침마다 누립니다.

밖에서 개 짖는 소리가 요란합니다. 앞집의 개가 또 새끼를 낳았나 봅니다. 조용하던 개가 짖을 때는 언제나 일정한 이유가 필요하기 때문입니다. 아라베스크의 무늬도 나와 함께 한 번 움찔하며 밖을 바라봅니다.

탱자나무의 시절

어린 시절, 우리 집 앞에는 독립된 한 세계처럼 백부댁의 감나무밭이 펼쳐져 있었다. 천여 평이 되는 그 감나무밭은 사방이 온통 탱자나무를 심은 울타리여서, 하나뿐인 출입문을 제외하면, 어쩌다가 뚫린 개구멍이 그 안으로 들어가는 통로의 전부였다. 그러므로, 그 땅은 평범한 감나무밭이었지만, 함부로 출입할 수 없는 땅이었으므로 그 안의 이 구석 저 구석에서는 언제나 약간의 신비가 자라고 있었다. 어떤 구석에서는 달래가 무더기로 자라고 어떤 두둑의 감나무 밑에서는 쑥만 우거져, 낮은 곳을 골라 가시에 찔릴까 조심스럽게 고개를 기웃하고 탱자 울타리 너머의 세계를 훔쳐보는 우리의 키를 더욱 빨리 자라게 했다. 그 밭은, 그러므로, 철사처럼 억센 줄기와 가시를 자랑하는 탱자나무가 저희들끼리 어울려 지키며 키우는 땅이었다.

그러나 그런 탱자나무도 봄이 되면 보슬비에 온몸이 촉촉히 젖어, 가지가 녹색의 잎을 채 펼쳐 매달기도 전에 희디흰 꽃망울을 내밀었다. 천여 평의 대지를 빙 둘러싼 탱자나무의 행렬이 벌이는 백색 불꽃놀이는 탱자나무의 것이라기보다 탱자나무가 지키고 키우는 대지의 축제 같았다. 아니다, 보슬비나 아지랑이의 가장무도회 같았다. 이 축제,

이 가장무도회가 벌어지는 울타리 밑으로는 종종거리는 병아리를 데리고 암탉이 모이를 찾아다니고, 다니다가 더우면 그 울타리 밑의 부드러운 흙을 파고 들어가 체온을 식혔다. 참새나 박새도 가시가 마치 그곳에 매달리지 않았다는 듯이 아무렇지도 않게 꽃망울 사이를 헤집고 다녔다. 햇볕도 가지와 가시 사이에서 조금도 다치지 않고 깊숙하게 탱자나무 속에 내려와 놀다가 갔다.

그러나 아, 정말 놀라운 일은 가을에 일어났다. 탱자꽃이 지고 나면 꽃이 진 자리마다 녹색의 탱자 열매가 별처럼 수북하게 열렸다. 그 별들이 여름을 지나 가을이 되면, 무슨 기적처럼, 작은 황금빛 태양이 되어 탱자나무 가지마다 가득 떠올랐다. 어느 누가 저렇게 많은 태양을 한꺼번에 떠올릴 수 있단 말인가? 그 많은 태양을 볼 때마다 혼자 흥분한 나는 탱자나무 울타리 밑에 쪼그리고 앉아, 그 많은 태양을 집히는 대로 따서 주머니에 넣으며, 그 시절을 행복해했다.

그 탱자나무를, 지금은 어디를 가도 좀처럼 볼 수 없다. 수많은 태양을 매달기 위해 끝없이 뻗으며 자라므로 우리가 관리하지 않으면 위험한 자연의 그 '식조망植條網'이, 이제는 자라지 않는, 그리고 태양도 자라지 않는 '철조망鐵條

網'으로 대치된 시대에 우리가 사는 탓이다.

김지연

부덕이

'부덕이'는 내 인생의 꽃시절인 유년기에 함께 살았던 강아지 이름이다. 부덕이는 진돗개의 피가 좀 섞인 잡종 중에서는 그래도 씨가 있다는 녀석이었다. 부덕이가 우리 집에 들어오게 된 사연은 이렇다. 우리 동네는 서창이라는 큰 마을에서 작은 산을 하나 넘어야 하는 난산이라는 동네로, 집앞으로 평야가 펼쳐진 평온한 마을이었다. 할아버지는 자주 서창으로 마실을 나갔는데 나와 같은 반 친구인 정미소집 희숙이 할아버지와 친해서 그 집에 주로 가셨다.

하루는 할아버지가 해가 뉘엿뉘엿해지자 집으로 돌아오려고 맷돌 위에 놓인 신발을 신고 있노라니, 새끼 강아지한 마리가 고물고물 다가와서 할아버지 뒤꿈치를 핥고 있는 게 귀여워서 그만 품에 안고 와버리게 되었다. 희숙이네집에서는 어미 개가 새끼 네 마리를 낳아 젖을 뗀 후 세 마리는 남을 주고 한 마리는 대를 이을 개로 남겨두었다는 것인데, 그것을 할아버지가 안고 와버린 것이다. 아이들이 찾아와서 강아지 돌려달라고 아우성을 하는데 할아버지는 엉뚱하게 소리를 질렀다. "느그는 다음에 낳은 새끼를 기르거라—." 나는 친구를 볼 면목이 없었지만 워낙 순한 애들이라 그렇게 넘어간 덕분에 복스럽고 인정스럽게 생겼다는 뜻으로 부덕이라는 이름을 붙여주고 함께 살게 되었다.

부덕이는 정말 우리 식구였다. 할아버지 마실 길에 앞장서서 살피고 내가 학교 다녀오면 가장 먼저 뛰어나와서 반겼다. 방학이 되면 부덕이와 산과 들을 누비고 다녔다. 부덕이가 어쩌다 아프면 할머니가 장에 나가서 북어를 사다가 정성껏 먹이곤 했는데, 갑자기 할머니가 돌아가시고 가세가 기울자 우리는 살림을 정리해서 광주로 이사를 하게 되었다. 이삿짐 트럭 뒤 칸에 부덕이를 태우고 우리는 패잔병 같은 모습으로 광주에 들어섰고 옹색한 도시살림을 시작했다.

그런데 며칠 후에 부덕이가 사라져버렸다. 우리는 집 근처를 아무리 뒤져도 부덕이를 찾지 못했다. 얼마 후 고향을 떠나지 않겠다고 남아 계신 할아버지한테서 소식이 왔다. 부덕이가 돌아왔다고. 세상에나! 시골집에서 광주는 삼십 리가 넘는데 도시의 복잡한 지리를 어떻게 알고 다시 돌아갔다는 말인가. 그것도 트럭 뒤에 실려 왔었는데. 우리는 놀라움과 안도와 안쓰러움을 느꼈다. 부덕이는 시골집에서 늙은 할아버지와 함께 살다가 죽었다. 우리 식구들은 성격상 동물을 껴안고 부비고 하는 잔정이 없어서 무심한 듯 지냈지만 부덕이는 늘 가슴 아픈 한 가족이었다.

'전주천' 사진을 찍으러 돌아다니다 비에 젖은 개 한 마리와 좁은 철제 다리에서 마주쳤다. 녀석의 모습은 부덕이를 연상케 하는 몸집과 털 빛깔을 지녔다. 주인도 없는지 비를 맞으며 전주천을 걸어가는 뒷모습을 지켜보며 돌아서기 어려웠다.

김서령

사과

나는 행복한 사람이지만 언제나 똑같은 뉘앙스로 행복한
건 아니다. 행복하다는 걸 느끼지 못하는 순간도 많다. 희
망이 없다고, 지금껏 잘못 살아왔다고, 곁에 손 내밀 사람
아무도 없다고 착각하는 날도 종종 있다. 그럴 때 나는 자
신이 얼마나 행복한지를 스스로에게 일깨워줘야 할 필요
와 의무를 느낀다. 그런 날 꺼내는 비장의 카드가 있다. 직
접 처방한 묘약인데 도마뱀의 눈물, 소금 뿌린 로즈마리,
밀랍과 복숭아씨 같은 까다로운 재료가 필요한 건 절대 아
니다. 외려 아주 간단하다. 그렇지만 효능은 즉각적이고 강
력하다.

그건 사과 한 알을 껍질째 와사삭 깨물어먹는 일이다.
너무 시시하다고? 아니 그렇지 않다. 까다로우면 까다롭지
간단하다고 비웃을 일은 아니다. 사과는 와사삭 소리가 입
안에서 비강을 통해 고막으로 바로 전달되고 뿜어진 과즙
이 얼굴에 확 튈 만큼 싱싱해야 한다

물 많고 당도가 높되 단맛 뒤에 반드시 새콤한 진저리가
뇌하수체의 어느 부분을 살짝 건드려줘야 한다. 그러므로
같은 과일이라도 배나 감은 사절이다. 신맛이 지나쳐 혀 안
의 미각돌기들을 노골적으로 긴장시켜도 곤란하다. 아주

살짝쿵, 담배씨만큼만, 붉은 수박 위에 한 알갱이 얹힌 소금처럼, 단맛을 옹호하는 신맛이어야 한다.

빛깔은 물론 붉은 게 좋다. 그러나 표면 전체가 일정한 톤으로 붉기만 해서는 재미없다. 농담과 명암과 강약이 요구된다. 동트는 하늘처럼 연분홍이나 연노랑이 한 줄기 끼어드는 편이 의식의 지평을 확장시킨다는 게 그동안의 내 경험이다. 형태가 좌우대칭일 필요는 없다. 약간의 불균형이 도리어 매력인 건 이 경우도 마찬가지다.

너무 복잡하다고? 그렇지 않다. 이건 사과를 고를 때의 문제지 평소 서너 개의 사과만 확보해두면 어려울 게 아무것도 없다. 다만 한 가지 주의할 건 사과를 잡을 때 엄지를 꼭지에, 장지를 배꼽에 대야 한다는 점이다. 그래야 안정감이 생기고 사과 안에 든 하늘기운, 땅기운이 몸 안으로 일사불란하게 스민다. 손가락의 맨 끝마디 볼록한 살집 외엔 살갗이 사과껍질에 닿아서는 안 된다. 짐작했겠지만 초밥 장이가 생선을 오래 잡고 있어서는 안 되는 것과 같은 이치다.

사과의 물리적 형태가 점점 눈앞에서 사라진다. 스미는 과즙에 몸이 환호한다. 우주와 내가 둘이 아님을 감지한다.

마침내 드러나는 두 개의 사과씨! 낙담도 회환도 고독도 단숨에 제압하는 핵! 이 씨앗이 사랑으로 미쳐 다시 한번 사과로 환원되는 날이 올까…… 작은 생명을 오래 가만히 들여다보는 일은 평화다. 신비다. 명백한 행복이다.

과꽃이 피었다

오래된 주택가인 우리 동네는 길가에 버려진 바구니가 아주 많다. 크리스마스 무렵이면 특히 더했다. 대나무나 등나무로 공들여 짠 바구니였다. 고급스러운 것은 손잡이에 금속이 붙어 있기도 하고 아랫부분에 나뭇조각이 붙어 있기도 했다. 등나무 자연색이 나는 것도 있고 흰 칠을 한 것도 있었다.

그게 어느 날은 대여섯 개 한꺼번에 눈에 띄기도 했다. 산책길에 바구니가 눈에 띄면 귀찮아하지 않고 주워왔다. 쓰레기로 처분하기에는 너무 아까웠고 너무 예뻤다. 누군가 정성들여 짠 게 분명한데 단 한 번 꽃이 담겨졌다 버려지다니, 바구니의 입장에서 보면 멀쩡한 채 폐기처분되는 제 목숨이 꽤나 억울할 듯했다. 그래서 버려진 것을 주워들 때면 유기된 강아지에게 하듯 말을 걸었다.

"세상에, 누가 널 버렸어? 이렇게 예쁜 놈을!"

품에 안고 들여다보며 말했다.

"나랑 우리 집에 가자. 예쁘게 닦아줄게. 이젠 나랑 살자."

그러나 주워온 바구니는 별수 없이 우리 집 마당귀에서 썩어갔다. 흙을 담아 제비꽃이니 민들레를 심어 한 계절 잘

들여다보기도 했지만 게으른 내가 그걸 한결같이 관리할
리가…… 처음 발견할 때 달콤하게 속삭이던 약속을 외면
한 채 바구니는 비바람에 삭아갔다. 그러나 희한하지. 손
으로 만든 그놈들은 삭아가면서도 지저분하거나 추해지지
않았다. 누군가 거기 들인 정성이 있어 오래 지나도 바구니
는 본연의 미와 품격을 유지하는군, 싶었다. 사람의 정성이
란 역시 대단히 파워풀하군 감탄했다. 나도 우리 엄마와 할
머니와 고모에겐 얼마나 지극정성으로 길러진 생명이던가
싶어 새삼 탄력을 잃어가는 내 팔을 소중하게 쓸어보기도
했다(하하~).

　어느 날 흙만 담긴 그 바구니에 무언가 푸른 잎이 커가
고 있는 것을 봤다. 굳이 뽑아버릴 일도 없어 무심코 그냥
뒀다. 깻잎 비슷한 잎을 단 식물은 딴은 눈에 낯익은 것이
었다. 바람이 불어도 손가락으로 건드려도 꼼짝하지 않는
여린 듯 야문 풀이었다. 그놈이 꽃필 때까지 자라리라고 차
마 기대하진 않았다. 공으로 꽃까지 볼 수야 없지. 그러나
아무렇지도 않던 그것이 어느 날 연녹색 꽃망울을 맺었다.
녹빛은 아주 천천히 천천히 엷어져 하얗게 변했다. 하얀 꽃
망울이 조금씩 펼쳐지더니 마침내 꽃이 되었다. 한 송이가

두 송이가 되고 두 송이가 세 송이가 되었다. 꽃빛은 붉고 몸은 꼿꼿했다(몸이 꼿꼿한 건 박토라 키가 충분히 자라지 못한 탓일 게다).

어디서 날아왔는지 알 수 없는 이놈, 내가 그토록 빈 바구니에 탐닉한 건 이놈을 맞이하기 위한 준비였을까. 그 옛날 초등학교 운동장 가에 피던 바로 그 꽃이다.

"시집간 지 온 3년 소식이 없는 누나가 가을이면 더 생각나요오~."

길게 여운을 늘이면서 먼 하늘을 바라보게 만들던 그때 그 꽃이 30여 년의 세월을 타넘고 여기까지 날아왔다. 어린 마음들을 일없이 울먹이게 만들던 꽃, 바람 서늘해지기 시작하면 별이 돋듯 툭툭 불거지던 꽃, '과아~꽃' 발음하면 입안에 쌉쌀한 여운이 감돌던 꽃, 봉선화도 백일홍도 다 지고 난 후 걱정 말라는 듯 피던 꽃, '과부'와 항렬자가 같아선지 곁에 서 있으면 무언지 자꾸만 애틋해지던 그 꽃, 이놈이 주워온 바구니 안에 올가을 이토록 정확하게 착지했다. 그리고 지난 시간을 압축하듯 정교하고 사연 많은 얼굴을 쳐들고 날 마주 본다.

살아가면서 공짜로 얻는 게 너무 많다. 그걸 알고 나는 매번 놀란다. 세상만사 공짜는 없는 것이라고 배웠는데 알고 보니 내가 얻는 건 모조리 무상이다. 하늘빛, 나무 냄새, 괜히 손등에 날아와 앉는 나비와 잠자리, 밤이면 떠오는 별들, 한 달에 스무 날은 잠든 머리맡을 스쳐 지나가는 달빛, 잊지 않고 불어오는 바람결…… 가을이 오는가 싶더니 자꾸 깊어간다. 바람 불 때마다 가슴이 툭툭 고동친다. 난 아직 이토록 성능 좋은 가슴을 가졌구나! 서리를 맞도록 이놈은 줄곧 꽃필 것이다. 몽우리가 숱하다.

들여다본다, 아아, 과꽃!

유소림

발자국

동요란 그것을 부르는 어린 시절보다 오히려 그 시절을 까마득히 떠난 후의 어느 팍팍한 날을 위한 노래다. 어느 날 무슨 요술처럼 나의 텁텁한 혀 위에 햇미나리처럼 그 노래가 살아났을 때, 그리고 그 속에서 우리가 미처 알지 못했던 보물을 발견할 때 나는 진실로 시인과 음악가에게 감사한다. 그 예술가들은 아이들이 보물을 알아챌 수 있는 이들이 되기까지 몇십 년을 아무 말 없이 기꺼이 기다릴 것을 생각하고 우리에게 노래를 지어준 것이었다.

　하이얀 눈 위에 구두 발자국
　바둑이와 같이 간 구두 발자국
　누가 누가 새벽길 떠나갔나
　외로운 산골 오솔길에 구두 발자국

누가 노래만을 썼는지 누가 곡을 지었는지는 모르지만 내가 초등학교 아이 적부터 좋아하던 동요다. 그 시절에야 무얼 알고나 좋아했을까만 지금 입속으로 이 노랠 불러보면 살며시 가슴이 아파온다. 눈 내린 새벽에 떠나간 이는 누구였을까. 아마도 되돌아오지 못할 고향을 떠나간 것은 아니었을까…….

눈은 비와는 달리 쌓여서 '흔적'을 만든다. 눈은 누군가가 떠나고 나서도 차마 다 가지 못하고 뒤에 남기는 가냘픈 눈짓을 간직할 줄 안다. 흔적은 '족적'과는 다르다. 시멘트 콘크리드 위에 쾅 눌러 찍은 것이 족적이라면, 조금씩 사라지다 영영 가버리는 눈 위에 소리 없이 남겨진 발자국은 흔적이다. 흔적은 애달프면서도 평화롭다. 조금씩 사라져 가기에 애달프고 족적처럼 악착스레 매달리지 아니하기에 평화롭다.

발자국은 사람의 것보다 언제나 맨발인 짐승의 발자국이 더 사랑스럽고 기특하다.

아파트 뒤뜰에 싸락눈이 엷게 깔리던 날, 여름 내내 메꽃이 휘감아 올라가던 철망담 밑에 끊어진 소면 가닥 같은 발자국들이 여기저기 흩어져 있었다. 풀씨 찾는 참새들이 눈 위에서 장난꾸러기처럼 뛰다 간 것이다.

엄마의 퇴곡리집에서 아침 산보길에 눈 위의 작은 발자국들을 만났다. 산에서 내려와 눈밭으로 변해버린 옥수수밭을 총총 지나 대문께까지 줄지어 있는 어여쁜 발자국들! 하나는 개 발자국보다 작고 섬세한데 걸음걸이도 꽤 조신

하다. 몸이 가벼운 짐승인 듯 눈을 거의 누르지 않고 발자국만 사뿐사뿐 남겼다. 또 하나는 제법 깊이 박혀 있고 발굽 모양도 보인다. 족제비? 고라니? 나는 너무도 신기하고 어여쁜 그 발자국들을 망치지 않으려고 한쪽으로 비켜나 조심스레 눈밭을 걷는다.

뒤돌아보니 짐승들의 발자국 옆에 내 발자국도 생겨나 있다. 투박한 내 발자국. 신을 신고 사는 사람의 발자국은 왜 그리 퉁명스러운지……. 나는 구두 밑창 대신 발가락이 다섯 개 달린 사람의 원래 발바닥을 남겨두고 싶었다. 어머니의 태중처럼 고요한 이 눈세상에 그런 발자국을 남기면 발자국이 저 혼자 산으로 산으로 그렇게 사라져갈 것 같았다.

산 것들, 죽은 것들

무언가 조그만 점이 책상 위에서 고물고물 움직인다. 가만히 들여다보니 거미다. 맨드라미 씨만큼이나 작은 몸에 투명한 다리가 길게 달려있어 마치 허공을 걷는 점 같다. 내 눈엔 그놈의 입도 눈도 뵈잖는데 어딘가로 열심히 열심히 가고 있다.

겨울도 더 깊어지지 않는 동지섣달, 밤도 더 깊어지지 않는 한밤, 내 방에 나와 함께 살고 있는 이 작은 것들. 요사이는 산 것들 보면 사느라 애쓰는 모습이 눈에 들어오고 어째 애처로운 생각이 앞서 생김새가 고약한 벌레들에게도 그다지 적대감이 들지 않는다.

내가 청소를 열심히 하지 않는 덕분인지 내 방엔 껑충거미도 살고 있다. 녀석은 집도 짓지 않고 개구리처럼 사방 팔짝팔짝 뛰어다닌다. 연필 끝으로 살짝 건드렸더니 녀석은 여덟 개 다리를 한데 찰싹 모으고 죽은 시늉을 한다. 나는 속은 시늉을 한다.

이제 인간들에겐 시험관 속에서 난자와 정자를 합쳐 살아 있는 걸 생산해내는 일쯤이야 누워 떡 먹기가 되어버렸다. 그러나 생명이란 이상도 해서 정자와 난자가 생명이 되는 순간 오장육부와 사지육신뿐 아니라 기쁨이나 슬픔, 두

려움이며 그리움, 소망 따위의 '불순물'이 줄줄이 생겨난다.

더구나 사람의 '불순물'은 전염성도 강하다. 이것이 사람 사이에 전염되면 지옥도 생겨나고 천국도 생겨난다. 돌멩이라도 사람의 그것에 전염되면 부처도 되고 망부석도 되고 탑도 되어 오히려 사람보다 긴 생명을 얻는다.

내 책상 한 귀퉁이에서 자잘한 돌멩이며 솔방울, 도토리, 마른 열매들이 나를 가만히 쳐다보고 있다. 가끔 나가는 산이나 물가에서 나를 따라 내 방까지 온 것들이다. 우리들은 서로 전염된 모양이다. 보라색 줄무늬의 돌멩이는 어라연 계곡을 소곤대고 솔방울은 봄날의 잎갈나무 숲 냄새를 풍긴다. 마른 갈대 속엔 얼음 밑을 흐르던 물소리가 살아 있다. 한겨울 한밤중이면 나의 작은 동무들은 이렇게 한결 더 다정해진다.

우리는 어째서 낙엽이나 마른 나무열매처럼 이미 죽어 버린 것들과 애시당초 생명이 없는 것으로 여겨지는 돌멩이 따위에게도 다정함을 느끼는 걸까.

나도 한때는 나무 잎새였을까, 산비탈 작은 열매였을까, 아니면 시냇가 조약돌이었을까. 아, 최초에 나는 검은 공간을 하염없이 떠다니던 먼지였을 게다. 먼지로 억겁 년 헤매이다 안개 방울 몇 모금 마시고 물이끼 되었다가 연두벌레 되었다가 물고기 되었다가 어찌어찌 어미 속살에 박혀 사람이 되었는지도 모르겠다. 아니면 작은 풀잎으로 살며 내 잎갈피에 불어오는 실바람을 좋아했는지도, 혹은 먼지로 떠돌며 우주의 용광로 옆을 지나가 햇빛에 이끌려 시냇가로 내려온 못난이 돌맹이였는지도 모르겠다.

산 것들 죽은 겨울, 산 것들 잠든 한밤에 깨어 있으면 귀가 맑아진다. 그런 밤엔 살아 있는 것들의 아우성만 들을 수 있던 우리들 귀에도 지나온 길에 만났던 무수한 것들과 나의 옛 동무들의 말소리, 나 죽어 먼지 되어 다시 돌아갈 내 고향의 말소리가 들려온다.

윤후명

나무의 이름

숲으로 가면 나무 이름을 모르는 게 안타깝다. 아는 나무란 손꼽을 정도에 지나지 않는다. 크게 보아 참나무 종류구나, 할 때도 꼭 짚어 말할 자신이 없으니 얼버무리는 수밖에 없는 것이다. 자신감이 없는 것이야말로 나무들에 대한, 숲에 대한 결례라는 생각이 든다. 친한 터수로 오래 만나는 사람인데, 정작 이름은 모르겠다는 경우와 같다. 어정쩡 만나는 사람을 어떻게 깊이 만날 수 있을 것인가.

산수유나무와 생강나무를 구분해 부를 줄 알게 되면 나무는, 숲은 자신의 삶 가까이 가슴을 연다. 숲으로 가서 뒤늦게나마 알게 된 나는 기쁜 나머지 생강나무 가지 하나를 휘어 흙으로 덮고 돌을 눌러놓았다. 휘묻이로 뿌리를 내려 아예 내 가까이 심어두고 싶은 마음에서였다.

며칠 전에 여의도에 볼일이 있어서 갔다가 일부러 공원을 둘러보며 드디어 마가목의 실체를 알아낸 것도 기쁨이었다. 나무에 팻말을 붙여놓았기에 가능한 일이었다. 마가목은 '일곱 번 아궁이에 던져도 타지 않는' 단단한 나무라고 어디서 읽고 궁금했었다. 예전에 친구인 다모관음이 그 나무토막으로 다갈색 차를 끓이다가 내게 나눠주기에 얻어온 추억도 되살아났다. 홀로 어렵게 하루하루를 버텨 살던 무렵이었다.

'우리 바닷가 마가리에 가서 살자. 마가목 울타리 두르고 둘이만 살자.'

공연히 '마가'를 돌림자로 억지 운율을 맞추며 집으로 돌아오는 발길은 가벼웠다. '마가리'는 백석 시인의 시에 나오는, 오막사리의 함경도 사투리였다. 그러자, 한번 눈에 띈 사물은 자꾸 보게 되듯이 헤이리 마을의 어느 집에서도 볼 수 있었고, 드디어 묘목을 구하기에도 이르렀다. 그 나무를 심어놓으면 내가 읊조렸듯이 '마가리에 가서 살자'는 정겨운 뜻을 이룰 수 있을 것 같았다. 능금나무과의 활엽 교목으로, 초여름에 흰 꽃이 피고 가을에 둥근 열매가 붉게 익는다는 나무. 가을에는 단풍이 곱다고도 했다. 열매와 껍질은 한약으로 쓴다지만, 어디에 쓰는지는 알 수 없었다. 그야 나중에 알아보면 될 것이었다. 게다가 다른 이름으로는 석남등石南藤이었다. 여기서 다 옮겨놓을 수는 없지만, 석남꽃 이야기 때문에 내게는 특별하게 다가오는 이름이었다.

생강나무의 노란 꽃이 피며 맞이한 봄이 가고, 마가목의 흰 꽃이 피는 초여름을 맞이한다. 짧은 봄, 지독한 황사에

얼룩진 서울의 봄이었다. 누구는 이제 봄이 없다고도 머리를 흔들지만, 나는 꽃과 함께 계절을 정돈한다. 꽃과 나무에는 이름이 있다. 그 이름과 함께 나는 하염없이 흐르는 시간을 기억하고 정리한다. 또박또박 삶의 이름을 적어놓는다.

보랏빛 꽃을 손에 들고

종종 무슨 꽃을 가장 좋아하느냐는 질문을 받는다. 그때마다 난감해서 머뭇거리지 않을 수 없다. 꽃 한 송이 한 송이가 세상 만다라라고 우기고 싶은 마음에 어느 하나를 내세울 수 있으랴. 또한 꽃이 말을 알아듣는다면, 내가 꼽는 꽃 아닌 것들은 어떤 심정일 것인가.

그러나 하는 수 없이, 어느 정도 면역 상태에서, 그래도 대답할 말은 준비하지 않을 수 없었다. 그리하여 나는 '보랏빛 꽃'을 손에 든다.

몇 해 전, 이상한 처방을 내리는 것으로 소문난 의사를 만나러 간 일이 다시 떠올랐다. 아닌 게 아니라 그는 내게 낙지와 마 등등 매일 먹을 음식을 지정해주며, '보랏빛 꽃 60송이를 옆에 두라'는 처방을 내리지 않았던가. 같이 간 사람에게 '흐르는 물을 자주 바라보라'는 처방을 내린 것과는 달랐다. 이 이야기는 다른 데서도 쓴 바 있기에 생략하지만, 나는 그 처방을 이상하다기보다는 신비하게 받아들였다. 이 사람이 내가 식물을 탐구하는 걸 아는 모양인가, 하는 마음과 함께.

사실 한 송이 한 송이가 독립된 꽃으로 60송이를 마련하기는 쉽지 않다. 하지만 자잔한 꽃송이들이 모여 한 송이나 한 타래의 꽃을 이룬 꽃들이 있다. '꽃차례'라고 옮겨지는 '화서花序'라는 일본식 용어가 있는데, 이 가운데 '원추화서'니 '산형화서'니 하는 것들에 속하는 꽃들. 가령 산수유는 콩깍지 같은 껍데기 속에서 노랗게 먼저 피어나는 게 실은 꽃봉오리로서, 그 꽃술 같은 하나하나의 꽃봉오리가 다시 피어나 비로소 한 송이처럼 보인다. 수국도 많은 참꽃들과 헛꽃들이 부글부글 어울려 한 송이처럼 보인다. 즉 이런 꽃들은 겉으로 보기에는 한 송이지만 자세히 보면 여러 송이라는 말이다.

어쨌든 그 의사의 처방을 받고부터 나는 어느 한 꽃을 꼽는 데 약간의 부담을 줄였다. 그리고 더듬거려 말한다. "글쎄…… 좋아하는 건…… 보랏빛……." 다른 아름다운 생명의 빛깔에게는 여전히 송구스럽다. 그래서 보랏빛 아닌 꽃들에게 한 번이라도 더 목례를 올리곤 한다.

봄이 무르익어가면서 보랏빛 꽃이 역시 황홀하다. 현호색을 지나 머플꽃이 덩굴지면, 붓꽃이 뾰족뾰족하다. 고흐에게서 보듯 커다랗게 구푸리는 아이리스꽃은 어떤가. 산수국의 보랏빛을 본 사람은 제 삶에서 가장 여린 부분을 본다. 사랑의 빛깔이다. 아니, 먼 사랑의 모습이 가장 가까이 오무려 나타나는 빛깔이다. 무지개의 보랏빛이 짧은 파장으로 안쪽에 그려지듯이.

보랏빛과 홍자색이 어린 꽃으로 현호색과 닮은 자주괴불주머니가 있다. 눈괴불주머니와 산괴불주머니라는 이름도 있는데, 이들은 노란 꽃들이다. 나무에도 괴불주머니가 있고, 홍괴불나무, 청괴불나무, 털괴불나무(물앵두) 등도 있다. 괴불주머니가 현호색과 구별되는 것은 뿌리에 덩이줄기가 있느냐(현호색), 없느냐(괴불주머니)이다. 흔치는 않은 이 꽃이 필 때면 봄 산과 들은, 깊이를 더한다. 삶의 어느 한구석에 이 빛깔이 있구나 하며, 지상에 더 머물고 싶어진다.

그런데 '괴불'이 도대체 무슨 뜻인지 책도 들추고 물어도 보지만 오리무중이었으나, 아이들의 노리개로 괴불주머니라는 게 있다는 사실을 최근에야 알았다. '괘불(탱화)'에서 나왔으면 하는 건 희망이었을 테고, '개불(알)'에서 나온 듯하여 저어했더니…… 가장 좋아하는 꽃으로 보랏빛 꽃을 손에 들긴 하지만, 모든 꽃에서 정령精靈을 보고자 하는 나는 머뭇거릴 수밖에 없다.

장석남

아주 조그만 평화를 위하여

늦은 아침, 밥을 먹겠다고 부엌으로 가다가 문득 식탁을 허리띠만 한 리본으로 묶어놓고 있는 햇빛 자락을 보았습니다.

도화지 한 장으로도 다 가릴 수 있는 쪽창문 틈으로 들어온 것입니다. 누가 볼세라 얼른 풀어 내 허리에 매고 싶도록 어여쁩니다. 밥 먹는 것을 미루고 잠깐 그 곁에 의자를 끌어다 앉습니다. 그리고 가만히 그 빛의 띠 안으로 내 손을 내밀어봅니다.

손등 위에 환하게 올라서는 이 빛의 파동들. 언뜻 당신의 손이 내 손등 위에 얹혀지는 것으로 여기고 싶어집니다. 아니 내가 길게 팔을 뻗어 당신의 손등을 감싸는 것으로 여기고 싶어집니다. 지난 어느 때였던가요. 어느 대합실에서였던지 나는 당신 무릎 위에 놓여 있던 당신의 손을 물끄러미 내려보다가 문득 내 손으로 감싸 쥐고 싶었던 적이 있었습니다.

그러그러한 생각에 당신이 그리워져 가슴 아래께가 먹먹해집니다. 이 아름다운 빛이 갑자기 마음속으로 들어와서 먹먹한 띠가 되어버리고 말았습니다. 그래도 여전히 환한 빛입니다. 종일을 이 빛의 띠가 내 가슴을 두르고 있겠군요. 정말로 아픔이랄까, 환함이랄까, 설렘의 뒤끝이랄까, 딱히 뭐라 정의할 수 없는 느낌이 아주 구체적으로 가슴속 살肉에 느껴져 저는 가끔 손으로 그 언저리를 만져보기도 합니다.

내 삶을 내내 묶는 한 아름다운 띠가 되리라는 예감이 듭니다.

가만히 깊어가는 것들

가을이 와서 어느덧 깊어가고 있습니다.

깊어가다니요.

어디로 깊어간단 말일까요.

가을 나무들은 길었던 푸른 세월을 마침내 붉은빛으로 익혀서는 내면으로 들입니다. 그리고는 긴 동안 거冬安居에 임합니다. 마침내는 중심을 열어 청정한 나이테 하나를 얻습니다. 나무들은 그렇게 깊어지는데 우리들 인연의 여러 얽힘들은 무엇으로 어떻게 깊어지는 걸까요. 벌레들은 밤새워 고요 속에다가 갖가지 수를 놓는 듯싶습니다. 처음엔 몇 필疋 될 듯싶더니 지금은 그저 손수건 한 장쯤에 짜는 모양입니다. 그만큼 밤도 깊습니다.

밤이 깊으면 병인 듯 이런저런 먼 곳의 일들이 궁금해지곤 합니다. 먼 곳의 빛과 소리들이 그립습니다. 그러나 밤이므로 길을 나설 수는 없습니다. 그저 창 앞을 서성이며 그렇게 그리워할 뿐입니다 어쩌면 그곳은 내 발길이 닿을 수 없을 만큼 먼 곳인지도 모릅니다. 그 사이에 놓여 있는 그리움만이 갈 수 있는 그런 곳 말입니다. 당신을 만나고 온 지 벌써 오래입니다.

당신 곁을 흐르던 강물은 여전하겠지요.

강물 속의 까만 돌들도 나란히들 누워 가을빛을 받아 어른거리고 있겠군요. 지난 여름 장마의 무섭던 물너울들을 넘기고는 한껏 깨끗한 정신으로 그렇게들 누워 있을 모습이 눈에 선합니다.

흙과 나무와 돌들로 지어진 당신의 집은 어떻습니까. 세월의 한쪽 기슭에서, 호젓하게 세상살이의 여러 비밀에 대해 근심하며 어떤 따뜻한 상징처럼 낮게 앉아 있을 당신의 집. 내가 종내는 당신과 함께 살다가 죽고 싶은 그 집. 당신은 그렇게 거기 있고 나는 이 번잡한 구획의 한 모퉁이에서 쉬 떠날 수 없어 돌을 들여다보듯 내 그리움의 속살들이나 들여다보고 있을 뿐입니다. 그러다가 불현듯 무엇인가를 삭히듯 돌 하나를 꺼내 나 자신도 잘 알지 못할 무늬 같은 것들을 새겨넣어 보기도 합니다.

새벽녘 하늘엔 말굽만 한 하현달이 걸려 있습니다. 당신도 혹 보고 있을지 모르겠군요. 당신의 시선 위에 내 것이 겹쳐진다고 생각하니 가슴 한편이 울렁입니다. 그 울렁임의 무늬로 혹 이 가을이 깊어지는 것인지…… 당신은 너무 멀리 있으므로 나는 그저 저 달에게 그리움의 수레를 매놓고서는 마음만 뒤척일 뿐입니다. 꽤나 오랜 서성임입니다.

가을이 깊습니다.

　가만히, 내 마음으로부터 당신의 마음속으로 깊어가는 것이 또한 있습니다. 달은 내 그러한 관념의 마을을 넘어서 마침내 당신에게 가 닿을 것입니다.

오정희

나이 드는 일

연휴를 맞아 집에 다니러 왔다가 서울로 돌아가는 자식들을 역까지 바래다주고 오는 길인데 그들과 함께 역으로 나오면서 보았던, 길 양옆의 화사한 코스모스꽃 빛깔이 그 잠깐 사이에 조금 어둡게 시르죽어 시든 듯했다. 마음 탓일 게다. 잠깐 사이이건만 자식들을 보내고 빈 차로 돌아오는 길에 눈에 닿는 풍경은 그들과 함께일 때와는 다르기 마련이다. 빈 차라니! 엄연히 남편과 내가 타고 있고 자식들만 빠져나갔을 뿐인데도 그 빈자리가 온통 차 안을 점령해서 빈 차라고 서슴없이 말하는 것이다.

오래전 저녁밥을 지으면서 이청준 선생의 「눈길」이란 소설을 읽다가 소설 속의 어머니가 이른 새벽, 먼 길 떠나는 어린 아들을 차부까지 배웅하고 그 길을 되짚어 혼자 돌아오는 길에 그때까지 눈길에 그대로 오목오목 찍혀 남아 있는 어린 아들의 발자국을 보며 눈물짓는 대목에서 나 역시 걷잡을 수 없는 눈물바람을 하느라 밥을 다 태웠던 기억이 불현듯 떠올라 눈시울이 뜨거워지고 가슴이 싸해진다.

조금 전까지 자식들과 이런저런 얘기도 주고받고 농담도 나누며 웃던 남편과 나는 둘 다 누가 입을 봉해버리기라도 한 양 말이 없다. 오래 함께 살아온 두 사람 사이의 침묵이란 그리 불편하거나 어색할 일도 아니건만 나는 왠지 대화를 나눠야 할 필요성을 느끼며 가까스로 화제가 될 만한 것을 찾는다.

"이젠 정말 가을이 깊어지네요."

"그렇군."

궁색하게 입을 뗀 말에 남편이 크게 고개를 끄덕인다.

"세월이 참 빨라요."

"정말 그래. 정신을 차릴 수 없어."

대답하는 그의 표정이 심각하다고 하리만치 진지해서 슬며시 웃음이 나온다.

간신히 꺼낸 짧고 무심한 대화에서 보이는, 어울리지 않게 진지하고 커다란 반응에서, 나는 이 순간 우리가 서로에게 다정해지고 친절해져야 한다는 책임을 느끼고 있다는 것을 감지한다. 그래, 우리는 빈 둥지의 쓸쓸함과 나이 들어가는 일의 스산함, 서로의 늙어가는 모습을 바라보는 서글픔에 대해 따뜻이 위로하고 위로받고 싶은 것이다.

열쇠로 문을 따고 들어서는 집이 어딘가 휑하고 낯설다. 그럴 리 없는데도 얼핏얼핏 아들과 딸의 모습이 어른대고 목소리들도 들리는 듯하다. 자식들이 집을 떠난 지 오래되어 이젠 간혹 다니러 오거나 할 뿐인 생활이 익숙해질 만도 하건만 그들이 떠난 뒤의 이런 마음, 기분은 좀체 면역이 되지 않는다. 나는 괜히 분주한 몸짓으로 자식들이 보다 펼쳐둔 책들을 제자리에 꽂고 옷가지들을 세탁기에 넣는 등 남긴 자취들을 치우고, 남편은 별반 보는 기색도 없으면서 티브이를 켜 이리저리 채널을 돌리다가 하릴없이 창밖으로 시선을 주기도 한다. 그 역시 이 볕 밝고 아름다운 가을날 오후를 단순하고 즐겁게 받아들이거나 일을 하기에는 뭔가 허전하고 스산한 그늘이 마음에 드리워져 있는 것이다.

침묵으로 이어지는, 햇빛 있는 동안의 오후 시간은 아쉽도록 짧으면서도 정체 모를 막연한 불안감과 초조감 때문에 무엇을 해야 할지 몰라 지루하게 흘러간다.

어린아이와 젊은이들이 없는 집에는 일찍 어둠이 찾아든다. 어둠이라는 물리적 현상과 적막감이라는 심리적 상태가 어우러져 빚어내는 빛깔로 집은 깊게 가라앉는다. 전등불을 켜고 낮에 자식들과 함께 먹고 남긴 음식들을 다시 데워 점심상과 다름없는 밥상을 차려 저녁을 먹는다. 솜씨를 부려 장만했던 음식들은 가짓수도 많고 정성 들인 것이

건만 뜨겁게 데웠어도 갓 만들었을 때의 화려한 볼품과 향기도 훈기도 찾아볼 수 없다.

가족이 둘러앉은 식탁의 풍성함과 행복감과 미각들이 사라진 단지 '한 끼니의 밥'을 먹는다. 묵묵히 숟갈질을 하며 남편과 나는 무언의 대화를 나눈다. 앞을 보고 달려가기 바쁜 자식들의 발목을 잡으면 안 된다거니, 어떤 경우에도 평상심을 잃지 않고 살아야 한다거니, 이런 쓸쓸함과 적막감을 당연하고 자연스레 받아들여야 한다거니…….

어릴 때 밖에서 마음 상할 일이나 언짢은 일을 당하고 돌아오면 어머니가 하시던, 즉 한잠 푹 자고 나면 다 낫는다던 말씀은 늙어가는 지금에도 유효하다. 잠이 최상의 명약이다. 전에 없이 일찍 불을 끄고 잠자리에 든다.

이런저런 생각에 뒤척이다 설핏 들었던 잠인데 누군가 가만가만 흔들어 깨우듯 눈이 떠진다. 보름 갓 지난 달빛이 방 안 가득 밀려들어와 있다. 고른 숨소리를 내며 잠든 남편의 얼굴을 무연히 바라본다. 근 삼십 년을 보아온, 잠든 얼굴은 깊이 주름지고 무구하고 친숙하고, 그래서 가슴 아프다. 청년에서 중년으로 다시 노년으로 접어드는 세월을 함께 아이를 낳고 기르며 애증과 고락을 나누며 살아왔다는 것이 불가해한 신비로 느껴지기도 한다. 자연의 섭리, 생명 가진 것들의 질서에 충실하여 후손을 낳고 떠나보내고 순하게 소멸해가는 것이 기쁘고 고마운 일이라는 생각도 해본다.

다시 잠들기 어려워 내 방으로 건너와 버릇처럼 노트며 책 따위를 뒤적이다가 일본 시인 토미오카 다에코의 시를 다시 읽는다. 시인 신현림 씨가 어느 책자에 소개한 시를 옮겨 적어놓았던 것이다.

당신이 홍차를 끓이고
나는 빵을 굽겠지요
그렇게 살아가노라면
때로는 어느 초저녁
붉게 물든 달이 떠오르는 것을 보고서야
그것으로 그뿐, 이제 이곳에는 더 오지 않을 걸
우리들은 덧문을 내리고 문을 걸고
홍차를 끓이고 빵을 굽고
아무튼 당신이 나를
내가 당신을

마당에 묻어줄 날이 있을 거라고
언제나 그렇게 이야기하며
평소처럼 먹을 것을 찾으러 가게 되겠지요
당신이 아니면 내가
나를 아니면 당신을
마당에 묻어줄 때가 마침내 있게 되고
남은 한 사람이 홍차를 홀짝홀짝 마시면서
그때야 비로소 이야기는 끝나게 되겠지요
당신의 자유도
바보들이나 하는 이야기 같은 것이 되겠지요

낙엽을 태우며

채 밝지 않은 새벽, 아침신문을 가지러 나올 때마다 만나는 것은 안개와 마당 가득 깔린 낙엽이다. 물에 둘러싸인 이 도시의 안개는 유난한 바 있다.

가을이 깊어가는 것이다.

가을로 접어들면서부터 아침밥을 짓기 전 마당의 나뭇잎들을 모아 태우는 것이 내 일과의 시작이 되었다. 마당을 쓸고 뒤돌아보면 어느새 나뭇잎은 엷게 한 겹 또 깔려 있다. 한여름 내내 무성한 그늘 덕을 톡톡히 보았으니 쓸어 모으는 수고를 아낄 것인가.

안개에 젖은 잎은 멈칫멈칫 밑에서부터 힘겹게 타들어가며 눅눅한 연기를 피워올리다가 갑자기 기세가 맹렬해져서 집과 골목을 가두어버린다.

어린애가 아니더라도 불을 피우는 일은 언제나 신기하고, 따뜻한 불기운과 마른 잎 타는 냄새는 행복한 느낌에 젖어들게 한다.

해질 무렵이면 나는 또다시 마당을 쓴다.

나는 불을 피우고 아이는 조그만 꽃삽으로 열심히 낙엽을 모아 와 쌓인 재 위에 덮어 연기를 피운다. 연기는 집을 냇물처럼 휘감고 아직 빨랫줄에 널린 덜 마른 빨래에도 스며 마른 옷가지에서는 아, 가을의 냄새가 풍긴다.

그러나 내 눈이 더 많이 머무는 것은 기분 좋은 소리로 타들어가는 나뭇잎이나 연기보다, 신기해하는 빛으로 불꽃을 열심히 지켜보는 아이의 얼굴이다. 아주 훗날 어른이 된 그 애에게 어느 순간, 세상에 홀로 남겨진 듯한 쓸쓸함이 찾아올 때 문득 엄마와 함께 마른 잎을 태우던 저녁의 연기, 타버린 재 속에 숨어 있던 불씨의 추억이 떠올라 그에게 따스한 위안으로 작용하기를, 그를 낳은 부모들 또한 조그만 일에 행복해하고 괴로워하기도 하면서 삶의 순간들을 살아갔음을 깨닫게 되고 그 앎이 그의 생에 대한 용기와 사랑, 부드러움을 일깨울지도 모른다는 희미한 기대로 아이를 바라보는 것이다.

아름다운 계절이 가고 있다.

누군들 다음 해의 가을 역시 이와 같으리라고 범연할 수 있을까.

박완서

트럭 아저씨

매일 아침 하던, 등산이라기보다는 산길 걷기 정도의 가벼운 산행을 첫눈이 온 후부터는 그만두었다. 산에 온 눈은 오래간다. 내가 다시 산에 갈 수 있기까지는 두 달도 더 기다려야 할 것 같다. 걷기는 내가 잘할 수 있는 유일한 운동이지만 눈길에선 엉금엉금 긴다. 어머니가 눈길에서 미끄러져 크게 다치신 후 7, 8년간이나 바깥출입을 못하시다 돌아가신 뒤 생긴 눈 공포증이다. 부족한 다리운동은 볼일 보러 다닐 때 웬만한 거리는 걷거나 지하철 타느라 오르락내리락하면서도 벌충할 수 있지만 흙을 밟는 쾌감을 느낄수 있는 맨땅은 이 산골마을에도 남아 있지 않다. 대문 밖골목길까지 포장되어 있다. 그래서 아침마다 안마당을 몇바퀴 돌면서 해뜨기를 기다린다. 아차산에는 서울사람들이 새해맞이 일출을 보러 오는 명당자리가 정해져 있을 정도니까 그 품에 안긴 아치울도 동쪽을 향해 부챗살 모양으로 열려 있다. 겨울마당은 황량하고 땅은 딱딱하게 얼어붙었다. 그러나 걸어보면 그 안에서 꼼지락거리는 씨와 뿌리들의 소요가 분명하게 느껴질 정도의 탄력을 지녔다. 오늘아침에는 우리 마당에서 느긋하게 겨울 휴식을 취하고 있는 나무들과 화초가 몇 가지나 되나 세어보면서 걸어다녔다. 놀랍게도 백 가지가 넘었다. 백 평도 안 되는 마당의 한 가운데를 차지하고 있는 잔디밭을 빼면 나무나 화초가 차지할 수 있는 땅은 넉넉잡아도 40평 미만일 것이다. 그 안에서 백 가지 이상의 식물이 자라고 있다니. 물론 헤아려보는 사이에 부풀리고 싶은 욕심까지 생겨 제비꽃이나 할미꽃, 구절초처럼 심은 바 없이 절로 번식하는 들꽃까지도 계산에 넣긴 했지만 그 다양한 종류가 생각할수록 신기했다. 그것들은 하나같이 내 가슴을 울렁거리게 한 것들이다. 이 나이에도 가슴이 울렁거릴 만한 놀랍고 아름다운 것들이 내 앞에 줄서 있다는 건 얼마나 큰 복인가.

마당이 있는 집에 산다고 하면 다들 채소를 심어먹을 수 있어서 좋겠다고 부러워한다. 나도 첫해에는 열무하고 고추를 심었다. 그러나 매일 하루 두 번씩 오는 채소장수 아저씨가 단골이 되면서 채소농사가 시들해졌고 작년부터는 아예 안 하게 되었다. 트럭에다 각종 야채와 과일을 싣고 다니는 순박하고 건강한 아저씨는 싱싱한 야채를 아주 싸게 판다. 멀리서 그 아저씨가 트럭에 싣고 온 온갖 채소 이름을 외치는 소리가 들리면 뭐라도 좀 팔아줘야 할 것 같아서 마음보다 먼저 엉덩이가 들썩들썩한다. 그를 기다렸다가 뭐라도 팔아주고 싶어하는 내 마음을 아는지 아저씨도 손이 크다. 너무 많이 줘서, 왜 이렇게 싸요? 소리가 절로 나올 때도 있다. 그러면 아저씨는 물건을 사면서 싸다고 하는 사람은 처음 봤다고 웃는다. 내가 싸다는 건 딴 물가에 비해 그렇다는 소리지 얼마가 적당한 값인지 알고 하는 소리는 물론 아니다. 트럭 아저씨는 다듬지 않은 야채를 넉넉하게 주기 때문에 그걸 손질하는 것도 한일이다. 많이 주는 것 같아도 다듬어놓고 나면 그게 그걸 거라고, 우리 식구들은 내 수고를 별로 달가워하지 않는 것 같다. 뒤란으로 난 툇마루에 퍼더버리고 앉아 흙 묻은 야채를 다듬거나 콩이나 마늘을 까는 건 내가 좋아서 하는 일이지 누가 시켜서 하는 건 아니다. 뿌리째 뽑혀 흙까지 싱싱한 야채를 보면 야채가 아니라 푸성귀라고 불러주고 싶어진다. 손에 흙을 묻혀가며 푸성귀를 손질하노라면 같은 흙을 묻혔다는 걸로 그걸 씨 뿌리고 가꾼 사람들과 연대감을 느끼게 될 뿐 아니라 흙에서 낳아 자란 그 옛날의 시골 계집애와 현재의 나와의 지속성까지를 확인하게 된다. 그것은 아주 기분좋고 으쓱한 느낌이다. 어쩌다 슈퍼에서 깨끗이 손질해서 스티로폼 용기에 담고 랩을 씌운 야채를 보면 컨베이어벨트를 타고 나온 공산품 같지 푸성귀 같지가 않다.

다들 조금씩은 마당이 딸린 땅집 동네라 화초와 채소를 같이 가꾸는 집이 많다. 경제적인 이점은 미미하지만 농약을 안 친 청정야채를 먹는 재미가 쏠쏠하다고 한다. 그것도 약간은 부럽지만 모든 야채를 자급자족할 수 있는 것도 아니고 외식을 아주 안 하고 살 수도 없는 세상이니 안전해야 얼마나 안전하겠는가. 하긴 주식에서부터 야채, 과일 일체를 유기농법으로만 짓기로 계약재배해서 먹는 집도 있다는 소리를 들었지만 아직은 특별한 계층 사람들 이야기고, 나에게는 대다수 보통사람들이 먹고사는 대로 먹고사는 게 제일 속 편하고 합당한 삶일 듯싶다. 무엇보다도 내 단골 트럭 아저씨에게는 불경기가 없었으면 좋겠다. 일요일은 꼬박꼬박 쉬지만 평일에는 하루도 장사를 거른 적이 없는 아저씨가 지난 여름엔 일주일 넘어 안 나타난 적이 있는데 소문에 의하면 해외여행을 갔다는 것이었다. 그것도 여비가 많이 드는 남미 어디라나. 그런 말을 퍼뜨린 이는 조금은 아니꼽다는 투로 말했지만 어중이떠중이가 다 해외여행을 떠나는 이 풍요한 나라의 휴가철, 그 아저씨야말로 마땅히 휴가를 즐길 자격이 있는 어중이떠중이 아닌 적격

자가 아니었을까.

　트럭 아저씨는 나를 쭉 할머니라 불렀는데 어느 날 새삼스럽게 존경스러운 눈으로 바라보면서 선생님이라고 부르기 시작했다. 내가 작가라는 걸 알아보는 사람을 만나면 무조건 피하고 싶은 못난 버릇이 있는데 그에게 직업이 탄로난 건 싫지가 않았다. 순박한 표정에 곧이곧대로 나타난 존경과 애정을 뉘라서 거부할 수 있겠는가. 내 책을 읽은 게 아니라 TV에 나온 걸 보았다고 했다. 책을 읽을 새가 있느냐고 했더니, 웬걸요, 신문 읽을 새도 없다고 하면서 수줍은 듯 미안한 듯, 어려서 『저 하늘에도 슬픔이』를 읽고 외로움을 달래고 살아가면서 많은 힘을 얻은 얘기를 했다. 그러니까 그의 글쓰는 사람에 대한 존경은 『저 하늘에도 슬픔이』에서 비롯된 것이었다. 나는 그 책을 읽지는 못했지만 아주 오래전에 영화화된 것을 비디오로 본 적이 있어서 그럭저럭 맞장구를 칠 수가 있었다. 아저씨는 마지막으로 선생님도 『저 하늘에도 슬픔이』 같은 걸작을 쓰시길 바란다는 당부 겸 덕담까지 했다. 어렸을 적에 읽은 그 한 권의 책으로 험하고 고단한 일로 일관해온 중년사내의 얼굴이 그렇게 부드럽고 늠름하게 빛날 수 있는 거라면 그 책은 걸

작임에 틀림이 없으리라. 그의 덕담을 고맙게 간직하기로
했다.

함민복

찬밥과 어머니

혼자 산 지 오래되었다. 혼자 먹는 밥은 쓸쓸하다. 혼자 산 지 오래된 어머니도 그러하리라. 내가 밥상머리에서 늘 어머니를 생각하듯 어머니도 나를 생각하실 것이다. 혼자 먹는 밥상에는 가족에 대한 그리움도 차려진다.

중학교 때였다. 나는 환갑 넘은 아버지를 따라 산山 일을 자주 나갔다. 변변한 일거리가 없는 아버지는 품을 팔거나 어우리소(소 주인과 이익을 반으로 나눠 갖는)를 길렀다. 그러면서 틈이 나면 산으로 돈이 될 만한 것들을 구하러 다녔다.

화전이었던 묵은 밭뙈기에서 칡끈을 끊기도 했고, 삽주 뿌리를 캐거나 북나무북싱이라는, 깨알만 한 벌레가 가득 든, 생강처럼 생긴 열매를 따러 다니기도 했다. 또 산비탈에 위태롭게 몸을 붙이고 검은돌비늘 뭉텅이를 캐기도 했다. 그런 날이면 흘러내린 마사토에서 돌비늘 조각이 반짝이고, 그 조각 같은 작은 집들이 옹기종기 모여 있는 우리 동네가 가마득하게 멀리 보이기도 했다.

"원래 구절초는 구월 구일 구월산에 아홉 살 난 동자를 데리고 가 뜯는 것을 최고로 쳤단다."

그날도 약초 애기를 들려주는 아버지를 발맘발맘 따라

세 시간 정도 국망산을 오르자 비둘기 바위가 나타났다. 비둘기 바위 아래로는 수백 미터 이어지는 바윗골이 펼쳐졌다.

지게를 받쳐놓고 정부미 포대를 든 아버지와 나는 참구절초를 뜯기 위해 아슬아슬 네 발로 기어다니며 바위벽을 탔다. 참구절초는 바위틈에 박혀 있거나 바위 턱에 얹혀 있는 흙에 뿌리를 내리고 있어서 채취하기가 힘들었다. 낭떠러지에 붙어 있는 구절초는 나무를 붙잡은 아버지가 내민 지게작대기를 내가 잇대어 잡고 내려가 뜯기도 했다.

너럭바위에 앉아 어머니가 챙겨준 도시락을 먹었다. 힘든 일 끝이라서인지 아니면 발 아래로 펼쳐지는 풍광이 그럴싸해서인지 도시락 맛은 꿀맛이었다. 양은 도시락 뚜껑을 들고 물을 따라 마시는 아버지 얼굴에 환한 물그림자가 어른거렸다.

늦은 점심을 먹고 났을 때 다른 고을에서 봉용 캐러 원정 온 약초꾼이 휘파람 신호를 보내며 나타났다. 고슴도치를 떼로 잡았던 자랑을 들으며 잠시 쉬고 다시 구절초를 뜯었다.

아버지와 나는 해가 뉘엿뉘엿해서야 하산 길에 들었다.

산의 측면을 타고 한 구렁을 돌았을 때, 아버지가 어디서 더덕 냄새가 난다고 했다.

더덕밭을 만나 더덕 캐는 재미에 빠져 있는 사이 사방 둘레가 어두워져 있었다. 길이 보이지 않아 당황한 내가 골을 타고 내려가자고 하자, 아버지는 우선 골을 빠져나가 능선을 잡아야 한다고 했다. 험한 골짝을 힘겹게 벗어나 능선을 잡았을 때 멀리 낮은 산 위로 달이 떠올랐다.

가끔 가랑잎에 묻힌 까도토리를 밟아 기우뚱하기도 했지만 달빛이 냉큼 걸음을 붙잡아주어 넘어지지는 않았다. 지게에 달빛까지 얹은 아버지와 나는 무거운 지게를 번갈아 지며 몇 시간을 더 걸어서야 산자락 끝에 도착할 수 있었다.

산길의 끝 마을길의 시작에, 마을길의 끝 산길의 시작에, 마중 나온 조그만 어머니가 서 있었다. 산길을 벗어나 한 번 쉬고 집에 가자고 했던 아버지와 나는 지게 쉼터를 지나쳐 그냥 집을 향해 걸었다. 나는 뒤따라오는 어머니를 힐끔힐끔 뒤돌아보며 더덕 캔 자랑을 늘어놓았다.

어머니가 차려놓은 밥상 위의 음식들은 식어 있었다. 몇 번을 데웠던지 졸고 식은 된장찌개는 짰다. 어머니는 산에

간 두 부자가 달이 떠도 돌아오지 않자 걱정이 되어서 오래 전에 마중을 나와 계셨던 것이다. 밥이 식은 시간만큼 어머니도 달빛에 젖어 아버지와 나를 기다리셨던 것이다. 땀에 젖은 옷을 입은 채, 물에 찬밥을 말아 식은 된장국과 장아찌를 먹는 부자를 어머니는 안도의 눈빛으로 쳐다보셨다.

　그날 찬밥이 차려진 밥상에는 기다림이 배어 있었다. 짠 된장국이 다디달아 자꾸 찍어 먹던 밤, 지붕 낮은 우리 집 마당에는 달빛이 곱게 내렸고, 세 식구가 앉아 있는 쪽마루에는 구절초 냄새와 더덕 향이 가득 차오르고 있었다.

죄와 선물

올여름 뱀을 한 마리 죽였습니다.

　나는 보이지 않는 것 중에는 전기가 제일 무섭고 보이는 것 중에서는 뱀이 제일 무섭습니다. 어려서는 뱀을 무서워하기는커녕 맨손으로 잡아 닭들에게 던져주기도 하고 집에서 기르던 부엉이나 매 먹이로 주기도 했었습니다. 또 친구들과 어울려 뱀을 잡아 팔아 용돈을 벌기도 했었습니다. 뱀이 사는 풀숲과 뱀이 살지 않는 풀숲을 알고 뱀이 나오는 시간 때도 알아 맨발로 풀숲을 막 다니기도 했었습니다.

　지금은 뱀이 무서워 장화를 신지 않으면 풀숲에 들어가지 못합니다. 그런 나를 보고 이곳 섬 친구들과 형님들은 겁쟁이라 놀리며 '청도'들은 역시 다르다는 말을 던집니다. 한번 술자리에서 뱀에 대한 이야기가 나왔었는데 내가 어려서 꽃뱀에 물려보았고 뱀보다 먼저 흙을 먹으면 괜찮다는 말이 생각나 얼른 흙을 한 움큼 먹은 적이 있다는 말을 했었습니다. 그 술자리에 있던 동생 하나가 자기들은 뱀 꼬리를 잘라 주머니에 넣고 다니면 돈이 된다고 해서 뱀 꼬리를 주머니에 넣고 다녔다는 말을 했습니다. 그러자 한 형님이 '청도'들은 다르다는 말을 했습니다. 그 동생과 나는 고향이 같은 충청도인데 충청도 출신들을 비하해 부를 때 쓰는 말에서 '멍'자를 빼고 그렇게 불렀습니다. 그 후에도 나는 뱀 때문에 가끔 '청도'란 말을 들었습니다.

화장실 가는 밭둑길에서 뱀과 마주쳤습니다. 소스라치게 놀랐습니다. 나는 반사적으로 피하며 나무 작대기가 있나 주위를 살펴보았습니다. 흔하던 고추 말뚝 하나 보이지 않았습니다. 집으로 내달리며 뱀을 놓치지 말아야 한다고 생각했습니다. 몇 년 전에 놀러 왔던 후배들이 그 장소에서 뱀을 보았는데 놓쳤다는 말이 떠올랐고 뱀은 본 자리에 다음 해에 또 나타난다는 말이 떠올랐습니다. 허둥지둥 나무 작대기를 들고 되돌아가보니 뱀이 보이지 않았습니다. '큰일이 났다' 싶어졌습니다. 하루에도 수차례 오가는 길에 뱀이 살고 있다니 큰일이 아닐 수 없었습니다. 그때 풀이 흔들리며 뱀 기어가는 소리가 들렸습니다. 뱀이 처음 본 곳에서 조금 떨어진 돌 틈으로 기어들어가고 있었습니다. 나는 나도 놀랐을 만큼 민첩한 동작으로 뱀을 눌렀습니다. 뱀이 구멍 속으로 삼분의 이 정도 들어간 상태였습니다. 뱀이 미끄러지지 않게 꾹 힘을 가하며 여러 생각들이 오갔습니다.

잠에서 깨 물 먹으러 가려다가 방에 들어온 뱀을 밟아 돌아가신 작은아버지가 생각났고 작년에 뱀에 물려 지금도 이빨 자국이 남아 있는 동네 청년 손가락이, 개암 따먹으러 갔다가 뱀에 물려 죽은 고향 선배가, 콩 심은 논두렁길을 가다 뱀에 물려 퉁퉁 부은 다리를 새끼줄로 묶고 리어카를 탄 채 보건소로 가던 고향 아주머니가 떠올랐습니다. 나는 나무 작대기에 힘을 더 주었습니다.

뱀을 놓치고 나자 걱정이 더 커졌습니다. 그도 그럴 것이 하필 뱀 구멍이 길에 깔린 반 뼘 두께밖에 안 되는 돌 밑이었습니다.

"뱀이 꼬리를 잘라놓고 도망갔는데 죽을까?"

이곳저곳으로 전화를 걸어보았습니다. 대답들이 다 달랐습니다. 개미들이 달라붙어 죽는다고 하기도 하고 다시 꼬리가 나 산다고 하기도 했습니다. 죽이려 할 땐 언제고 꼬리 잘린 뱀이 고통 받을 생각하니, 뱀을 죽였을 때보다도 더 마음이 무거워졌습니다. 어쩌다 내 눈에 띄어서, 왜 이곳에 살아서……. 구멍에 들어간 뱀을 죽일 생각도 해보았습니다. 어차피 죽을 것이라면 고통이라도 덜 받게 빨리 죽여주는 것이 나을 것 같았습니다. 휴지에 기름을 적셔 구멍에 밀어 넣고 불을 붙이면 뱀이 죽을 것 같았습니다. 개 한 마리를 죽이는 것과 이 한 마리를 죽이는 것은, 한 생명을 죽인다는 점에서 같다는 이규보의 '슬견설蝨犬說'을 떠올리며 모기 한 마리 죽이는 것과 같다는 생각도 해보았습니다. 또 죄의식 없이 식물을 죽이는 것보다 내가 잔인하다는 마음고생을 하니 덜 잔인한 일이 아닌가 하는 자위도 해보았지만 끝내, 뱀 구멍에 불을 붙일 수는 없었습니다.

장화를 신고 장갑을 끼고 나뭇가지에 화들짝 놀라기도 하며 밭둑을 깎아놓았습니다. 그래도 밤에는 그 돌을 밟고 지날 수가 없어 이슬에 젖으며 감자밭 고랑으로 다녔고 낮에도 뛰다시피 지나쳤습니다. 그럴 때마다 뱀 구멍에 불을 지르지 못한 연약해진 마음이 밉기도 했지만 불을 지르지 않은 일은 정말 잘한 일이었습니다. 뱀 구멍에서 미꾸라지만 한 새끼가 도망가는 것을 보았습니다. 복수란 말도 생각나 걱정도 되었지만 불을 질러 새끼들마저 죽이지 않은 일이 그래도 작은 위안으로 다가왔습니다.

"뱀이 한 마리 죽어 있어서 내가 묻었어."

외출했다가 집에 돌아왔을 때 다니러 온 집주인 아저씨 말을 듣고 가슴이 철렁 내려앉았습니다. 뱀은 오 일을 구멍 속에서 견디다가 바깥에 나와 죽었던 거였습니다. 새끼가 도망간 고구마밭으로 기어가다가 뱀은 죽었을 것 같았습니다. 뱀은 내가 수없이 제 집 위를 밟고 지나도 나를 물지 않았었는데 나는 뱀을 보자마자 공격했으니……. 올여름 내가 죽인 뱀이 내게 시 한 편 써주었습니다.

소스라치다

뱀을 볼 때마다
소스라치게 놀란다고
말하는 사람들
사람들을 볼 때마다
소스라치게 놀랐을
뱀, 바위, 나무, 하늘
지상 모든
생명들

김화영

이삿짐과 진실

긴 겨울이 지나가고 햇볕이 점차로 다사로워지면 이삿짐을 실은 트럭을 여기저기서 만나곤 한다. 이불보따리, 커다란 옷장, 응접세트, 냉장고, 피아노 등이 실려 있는 트럭의 한 귀퉁이에는 실내에서 기르는 열대지방의 키 큰 나무도 바람에 날려 허리가 휜다. 이삿짐 트럭에 실려 저 혼자만 유독 신이 난다는 듯 바람에 잎을 날리며 춤을 추는 그런 나무를 보면 화가 김원숙의 그림 속에 부는 바람과 그 바람에 휩쓸리는 나무가 연상된다. 그뿐만이 아니다. 나는 어느새 트럭의 이불보퉁이 한옆에 등을 기대고 어딘지 알 수 없는 곳으로 실려가는 나의 어린 시절과 청년 시절을 떠올린다. 나는 그 사이 얼마나 여러 번 이삿짐 트럭에 실려 이 주소 저 주소, 이집 저집, 이방 저방을 전전한 끝에 지금 이 자리에 당도한 것인가?

같은 아파트단지 안에서도 가끔 이사하기 위하여 집 밖에 내놓은 가재도구들을 만난다. 형세가 좋은 집은 고가의 이삿짐 전문센터에게 의뢰하여 아주 훤칠한 박스들로 모양새 좋게 포장들을 하여 제복 입은 짐꾼들을 부려가며 대형트럭으로 실어 나른다. 그러나 내 시선과 마음을 끄는 것은 그런 현대식 이삿짐보다는 올망졸망 크고 작은 종이박

스에 싸여 있기도 하고 낡은 보자기에 묶이기도 하고, 더러는 알몸인 채의 그 서민적인 짐들이다(여러 번 반복된 이사에 칠이 벗겨지고 모서리가 상처난 가구, 옷가지 보퉁이, 장독, 어린아이 장난감, 거울, 의자…… 방 안에 제자리를 차지하고 놓여 있을 때는 손때 묻은 윤기와 거기에 투영된 삶의 숨결로 인하여 그렇게도 정답고 아늑하고 그립던 가재도구가 밖에 내놓으면 그리도 쓸쓸하고 적막해 보인다). "거리에 나앉게 생겼다"라는 표현이 우리의 마음속에 불러일으키는 그 무방비 상태의 공포감이 그 이삿짐 보따리 근처에는 많게든 적게든 고여 있다.

우리의 삶도 그와 같은 것이다. 길든 생활, 익숙한 가족, 친한 친구, 손발이 잘 맞는 일터의 동료, 이 모두가 나와 적당한 관계를 맺고 그 관계의 망 속 어느 지점쯤에 나의 주소, 나의 집, 나의 방, 나의 자리가 있다. 그 공간, 그 낯익고 정다운 공간 속에서 자고 깨고 웃고 울고 사랑하고 다툰다. 이 익숙한 공간 속의 안도감을 우리는 '습관'이라고 부른다. 이 습관은 흔히 네 개의 벽으로 둘러싸여 있다. 그 속에 볕이 들고 불이 켜진다. 밖의 바람과 비로부터 보호된 우리의 삶과 휴식이 거기에 담긴다. 그런 모든 것은 영원히 그대로 계속될 것 같다. 이 계속성에서 우리는 흔히 행복감 같은 것을 느낀다.

그러나 어느 날 문득 그 영원할 줄 알았던 습관과 계속성의 무대장치가 허물어진다. 서민생활 속에 가끔 일어나는 작은 혁명들을 우리는 '이사'라고 부른다. 새 집, 새로 지은 집, 더 큰 집으로 이사가는 행복한 사람들도 있지만 셋집을 전전하는 과정에서 하는 수 없이 그 '삶의 혁명'을 감수해야 하는 사람도 많다. 갈 곳 없이 거리로 나앉거나 수재민처럼 임시 천막이나 낯선 학교 교실을 빌려 난민생활을 강요받는 사람도 있다. 사랑하는 부부의 단란하던 삶이 어느 날 문득 바스러져버리고 각기 다른 방향으로 헤어지는 경우도 있다. 그럴 때 비로소 우리는 삶이라는 무대의 허구성을 발견한다. 한때 어떤 철학자들은 이런 것을 부조리의 발견, 혹은 부조리의 각성이라고도 불렀다. 삶이 한갓 연극이고 무대장치였음을 깨닫는다. 인생이 한갓 꿈이었음을 아프게 인식한다. 단순히 가재도구를 트럭에 싣고 다른 장소, 다른 곳으로 가는 숱한 이사의 저 끝에는 마침내 마지막 이사를 해야 할 날이 온다는 것을 보다 절실하게 깨닫기도 한다. 그때는 가지고 갈 이삿짐도 없다. 모든 것을 그냥 다 거기 두고 아주 떠나버리는 것이다.

　나는 몇 년 전 텔레비전 뉴스에서 보았던 박종철군의 하숙방을 영원히 잊을 수가 없다. 그저 평범한 대학생이었던 ('평범한'이란 표현이 적절치 않을 수도 있겠지만 우리들 중 누구나 공감할 수 있는 구체적 삶의 한 주인이었다는 뜻이다) 그가 어느 날 문득 자기의 방으로 돌아오지 않았다. 그가 밖으로 불려나간 후 비어 있었던 그 하숙방을 텔레비전의 카메라는 천천히 훑고 지나갔다. 벽에 기대어 놓여 있는 책상과 의자, 책상 위에 꽂힌 책들, 벽지, 비닐장판…… 이 구체적인 공간은 다시는 돌아오지 않는 박종철의 삶을 너무나도 웅변적인 목소리로 말해주고 있었다. 그후에 일어난 일을 우리는 잘 알고 있다. 그의 기록은 이 나라 민주주의 역사에 깊고 아픈 상처, 그리고 우리들의 약한 가슴속에 치솟는 분노로 남게 될 것이다. 그러나 역사라든가 민주주의라든가 하는 말들은 너무 추상적이다. 그런 말들의 참다운 무게와 힘을 이해하기 위해서는 카메라가 천천히 훑고 지나가던 그 책상과 책과 벽지와 장판지를 유심히 바라보아야 한다. 그 삶의 구체적인 아픔과 전율이 없이는 민주주의도 자유도 역사도 다 무의미하다.

가끔 나는 나도 모르게 그 책상 앞에 앉아 있던 그 안경 쓴 젊은이를 상상해본다. 그는 담배를 피운다. 책을 읽다 말고 창밖을 내다본다. 휘파람도 분다. 그 방에 이불을 펴고 반듯이 누워 팔베개를 하고 생각에 잠기거나 모로 누워 잠든 젊은이를 상상해본다. 그런데 이제는 그 젊은이도, 책상도, 의자도, 책도, 그의 삶도 모두 다 흩어져버리고 없다. 오직 있는 것은 역사 속의 기록과 해석된 의미뿐이다. 그래도 지금 내 머리에 가장 생생하게, 가장 아프게 떠오르는 것은 박종철군의 방이다. 그 짧은 카메라의 필름은 까닭 모르게 내 머릿속에서 문득문득 돌아가곤 한다. 그의 방이 살아난다. 그의 아늑한 삶과 젊음과 번민들이 되살아난다. 그리고 그 삶과 방이 바스러져버린다.

　내 일생에서 삶의 무대장치가 가장 빈번하게 해체되고 다시 조립되곤 했던 때는 외국유학 시절이었다. 부모와 가족과 멀리 떨어져 있는 외국인 데다가 처음부터 끝까지 줄곧 계속되는 기숙사생활이었기 때문이다. 해마다 여름의 기나긴 방학 때가 되면 기숙사를 수리하는 까닭에 다른 동으로 옮기지 않으면 안 되었다. 여행을 떠나기라도 할 양이면 얼마 안 되는 짐이었지만(주로 책이 대부분이라 몹시 무거 있다) 분실되지 않도록 단단한 철궤에 넣고 큰 자물통으로 잠가 창고에 보관해야만 되었다. 몇 개의 철궤 속에 담아놓고 나면 동그마니 오척 육신만이 그 작열하는 프로방스의 햇빛 아래 남곤 하던 그 시절의 여름은 내 존재의 실체를 거짓없이 보여주곤 했다. 1974년 여름 나는 그 철궤 몇 개를 떠메고 돌아왔다. 그후 짐이 너무 많아졌다. 그러나 너무 많아진 이삿짐도 실은 무대장치에 불과하다는 사실을 이웃집 이삿짐 보따리를 볼 때마다 다시 확인하곤 한다. 이삿짐은 쓸쓸하고 적막해 보이지만 벌거벗은 삶의 진실을 손가락질해준다는 미덕을 지니고 있다. 그것은 우리의 꿈을 깨뜨리기도 하지만 우리를 헛된 오만으로부터, 부질없는 확신으로부터 해방시켜준다.

법정

탁상시계 이야기

처음 만난 사람과 인사를 나눌 경우, 서투르고 서먹한 분위기와는 달리 속으로 고마움을 느낄 때가 있다. 이 지구상에는 36억인가 하는 많은 사람이 살고 있다는데, 지금 그중의 한 사람을 만난 것이다. 우선 만났다는 그 인연에 감사하지 않을 수 없다. 같은 하늘 밑, 똑같은 언어와 풍속 안에 살면서도 서로가 스쳐 지나가고 마는 인간의 생태이기 때문이다.

설사 나를 해롭게 할 사람이라 할지라도 그와 나는 그만큼의 인연이 있어 만난 것이 아니겠는가. 그 많은 사람 가운데서 왜 하필이면 나와 마주친 것일까. 불교적인 표현을 빌린다면 시절 인연이 다가선 것이다.

이러한 관계는 물건과 사람의 경우에도 마찬가지다. 많은 것 중에 하나가 내게 온 것이다. 지금 이 글을 쓰고 있는 탁상에는 내 생활을 거동케 하는 국적 불명의 시계가 하나 있다. 그놈을 보고 있으면 물건과 사람 사이의 인연도 정말 기구하구나 싶어진다. 그래서 그놈이 단순한 물건으로 보이지 않는다.

지난해 가을, 새벽 예불 시간에 일어난 일이었다. 큰 법당 예불을 마치고 판전板殿을 거쳐 내려오면 한 시간 가까이 걸린다. 돌아와 보니 방문이 열려 있었다. 도둑이 다녀간 것이다. 평소에 잠그지 않는 버릇이라 그는 무사통과였다. 살펴보니 평소에 필요한 것들만 골라 갔다. 내게 소용된 것이 그에게도 필요했던 모양이다.

그래도 가져간 것보다 남긴 것이 더 많았다. 내게 잃어버릴 물건이 있었다는 것이, 남들이 보고 탐낼 만한 물건을 가지고 있었다는 사실이 적잖이 부끄러웠다. 물건이란 본래부터 내가 가졌던 것이 아니고 어떤 인연으로 해서 내게 왔다가 그 인연이 다하면 떠나가기 마련이라 생각하니 조금도 아까울 것이 없었다. 어쩌면 내가 전생에 남의 것을 훔친 그 과보인지도 모른다고 생각하면, 오히려 빚이라도 갚고 난 듯 홀가분한 기분이다.

그런데 그는 대단한 것이라도 있는가 싶어 있는 것 없는 것을 샅샅이 뒤져 놓았다. 잃은 것에 대해서는 조금도 애석하지 않았는데 흩트러놓고 간 옷가지를 하나하나 제자리에 챙기자니 새삼스레 인간사가 서글퍼지려고 했다.

당장에 아쉬운 것은 다른 것보다도 탁상에 있어야 할 시계였다. 도군이 다녀간 며칠 후 시계를 사러 나갔다. 이번에는 아무도 욕심내지 않을 허름한 것으로 구해야겠다고 작정, 청계천에 있는 어떤 시계 가게로 들어갔다. 그런데, 그런데, 허허, 이거 어찌 된 일인가. 며칠 전에 잃어버린 우리 방 시계가 거기서 나를 기다리고 있는 게 아닌가. 그것도 웬 사내와 주인이 목하目下 흥정 중이었다.

나를 보자 사내는 슬쩍 외면했다. 당황한 빛을 감추지 못했다. 그에게 못지않게 나도 당황했다.

결국 그 사내에게 돈 천 원을 건네주고 내 시계를 내가 사게 되었다. 내가 무슨 자선가라고 그를 용서하고 말고 할 것인가. 따지고 보면 어슷비슷한 허물을 지니고 살아가는 인간의 처지인데. 뜻밖에 다시 만난 시계와의 인연이 우선 고마웠고, 내 마음을 내가 돌이켰을 뿐이다.

용서란 타인에게 베푸는 자비심이라기보다, 흐트러지려는 나를 나 자신이 거두어들이는 일이 아닐까 싶었다.

정현종

메와 개똥벌레

시골서 살아보지 않은 분들에겐 생소한 이름이겠지만, 내가 어렸을 때 논두렁에서 캐먹던 것에 메라는 게 있다. 아마 초여름부터 눈에 띄는 것으로 논두렁 흙 무너진 데 저절로 하얗게 드러나거나 일부러 흙을 떼어내면 거기 또 하얗게 드러나는데, 고구마 줄기만 한 굵기로 뻗어있고, 맛은 달콤하다기보다는 들큰하면서 기막힌 흙향기 비슷한 향미를 입속에 가득차게 하고, 씹으면 아삭아삭 소리가 나는 그러한 물건이었다.

논두렁을 걸어가다가 눈에 띄면 캐먹기도 하고 일부러 캐먹으러 나갔던 것 같기도 한데, 거무스름한 흙 속에 박혀 있어서 더 그랬겠지만 그 빛깔이 하도 희어서 눈에 번쩍 띄었고, 그게 눈에 띄는 순간 아마 금광에서 금맥을 발견했을 때와 비슷한 즐거움을 느끼곤 했다.

아닌 게 아니라 지금 그 메를 몽상 속에서 바라보고 있으니 그 메는 원빛깔보다 한결 더 희다 못해 땅속에 들어 있는 무슨 불빛 같고, 그 불빛은 지금 내 마음을 참으로 환하게 밝혀주고 있다. 환하게 하는데 어떤 식으로 환하게 하느냐 하면 그 환함이 무한히 퍼져나가고 팽창해서 우주적 공간이 되는 비길 데 없는 서늘함 속으로 내 안팎을 온통 열어놓는다. 시간의 계기적 진행의 질곡도, 공간의 뛰어넘기 어려운 벽들도 무슨 푸른 공기 속에 향기 녹듯이 녹고, 사물 사이의 경계가 한껏 지워지는 서늘한 공간, 이것이 그 가늘고 군데군데 눈이 있으며 하얀 메의 추억과 몽상이 열어놓은 공간이다.

이러한 체험은 몇 해 전 서울 한복판을 걸어갈 때 느닷없이 코에 확 끼쳐오던 까마중 냄새를 통해서도 겪은 바 있다. 까마중도 내가 경기도 고양군 화전에 살 때 아이들과 더불어 입이 시커매지도록 따먹은 야생의 콩알만 한 까만 열매인데, 서울 한복판에서 느닷없이 까마중 냄새라니! 그때 나는 웃는다기보다도 내 얼굴이 빙그레 웃음에 녹고 있었던 걸 기억한다.

하여간 최근 느닷없이 어린 시절의 메 생각이 났을 때 나는 다시 태어나는 사람처럼 탄성을 지르면서 옆에 있는 사람한테 그걸 환기시키면서 그 있는 데와 모습과 맛을 하나하나 더듬어 그려보았던 것이다.

그때 우리 시골애들은 그 메를 흙이 더러 묻은 채 먹었고 또 우리 어머니들은 그걸 캐다가 더러는 밥이 뜸들 무렵 밥 위에다 얹어 슬쩍 익혀서 먹기도 했다.

옛날의 논두렁을 왔다갔다하다 보니까 또 생각나는 것은 한여름에서 벼가 익을 때까지 논에서 수없이 뛰고 날던 메뚜기들이다. 지금은 농약 때문에 다 없어졌다고 하지만 그때는 논에 메뚜기 천지였는데 아이들은 그놈들을 잡아다가 구워 먹었다. 한 마리 한 마리 잡은 걸 지금은 그 이름을 잊어버린 무슨 풀줄기에 꿰어 여러 꾸러미를 만들어서 들에서 피우는 불이나 아궁이불에 구워 먹었는데, 지금까지도 혹시 그 덕을 보고 있는 게 아닌지 모르겠다. 사실 사람이 힘을 내는 것은 다 남의 살 덕분이고, 그러니 사람의 살이란 게 다름 아니라 두루 남의 살로 이루어져 있다고 해도 좋다. 윤회전생輪廻轉生이란 그러니까 만물의 구성원리에 다름 아니다.

이렇게 메 캐먹고 메뚜기 잡아먹으면서(하기야 캐먹고 잡아먹은 게 어디 그것들뿐이랴) 하루해가 가고 어두워지기 시작하면 저 아슬아슬하게 재미있는 숨바꼭질이 시작되거나 개똥벌레(반딧불)에 홀려 논두렁 밭두렁을 헤매고 다녔다. 어둠 속에 여기저기서 반짝이는 반딧불을 잡으러 뛰어다니는 아이들의 그 몰두와 집착은 문자 그대로 홀린 모습 그대로였는데, 지금 또 그 광경을 몽상해보면 어둠 속에서 반짝이는 발광체들이 어떤 게 반딧불이고 어떤 게 아이들의 눈동자인지 분간이 가지 않는다. 가난했지만 그렇게 꿈과 같은 충일의 때도 있었던 것이다.

개똥벌레 꼬리 끝에 붙어 있는 발광기를 자르면 그 잘라진 부분이 손가락에 붙어서 또 빛을 내고, 그걸 떼려고 다른 손으로 문지르면 그 손에도 옮겨가 또 번쩍이고 하는 것이었는데, 우리는 잡은 개똥벌레를 호박꽃 속에 넣고 꽃 윗부분을 오므려 닫아 바알간 호박꽃등을 만들어 들고 다니곤 했다. 지금 보니 오히려 더 잘 보이는 그 어둠 속의 바알간 호박꽃등들…….

우리 일생의 시공時空 중에서 어린 시절의 시공만큼 넘치는 시공이 없다는 거야 말할 것도 없는 노릇이지만, 어린 시절을 꿈꾸는 동안이란 다름 아니라 회생回生의 시간이며, 우리를 유례없는 서늘한 공간으로 풀어놓음으로써 생의 감각을 원천적으로 회복케 하는 신묘한 시간이다.

메여. 까마중이여, 개똥벌레여, 호박꽃등이여.

재떨이, 대지大地의 이미지

내가 재떨이에 대해서 아주 따뜻하고 거의 은밀한 애정을 느끼기 시작한 것은 담배를 피우기 시작했을 때부터이다. 별 생각이나 느낌 없이 바라보면 재떨이도 그냥 일종의 그릇에 지나지 않지만, 그러나 나에게 있어서 재떨이란 분명히 나의 성장과 관계가 있는데, 사실 우리가 자라난다는 것은 처음 어떤 물건들을 사용할 수 있게 된다는 것을 뜻한다.

가령 어린이들의 완구는 실용적인 것이 아니라 문자 그대로 장난감이다. 그들은 나무토막으로 집을 지으면서 굴뚝을 만들고 문을 내고 방들을 꾸미지만, 어른들 쪽에서 보면 그것은 그 속에서 실제로 살 수 있는 집이 못된다. 그러나 물론 다른 수준에서 보면, 즉 어린이 쪽에서 보면 만들고 있는 장난감집이야말로 그들이 지금(!) 살고 있는 집이다.

어린이들은 그들의 부모가 만들어놓은 집보다 장난감집이 오히려 한결 더 '실감 나는' 생활공간이며, 어른들의 집과 그 속의 여러 물건들은 잘 이해할 수 없는 데 비해 그들의 장난감집과 도구들은 아주 잘 알고 있으며, 그래서 그들은 그들이 만든 다른 하나의 집 속에서 산다. 그리고 이

'집 속의 집'은 그들이 장차 부모의 집을 떠나 그들 자신의 생활공간을 만들 수 있다는 것, 즉 기왕 있었던 공간으로부터 탈출하거나 그것들을 변화시킬 수 있다는 것을 뜻하며, 그래서 그 집 속의 집은 그들의 미래, 즉 그들의 가능성과 연결될 수 있음을 암시한다. 집뿐만 아니라 장난감 자동차·비행기·기선·총 같은 것들도 마찬가지다.

그러나 자라나면서 아이들은 어른들의 것이었던 물건들을 이해하게 되고 친해지면서, 어른들이 사용하는 방식대로 그것들을 사용할 줄 알게 되고, 성년이 되면 물건들을 어른처럼 사용하는 게 허용된다.

내가 처음으로 담뱃불을 끈 재떨이에 대해 각별한 친근감을 느꼈던 것도 말하자면 나의 성년됨과 관계가 있는 것 같다. 내가 담배에 대해 참을 수 없는 호기심을 느껴 아버지 담배를 몰래 훔쳐 피워본 것은 중학교 2학년 때라고 기억되는데, 그때 나는 몇 모금을 맹렬히 빨아들인 뒤 머리가 핑 돌면서 그 자리에 드러누워버렸다. 그렇게 혼이 난 뒤 정말 담배를 피우기 시작한 것은 대학 2학년 때인가 싶은데, 그때부터 나는 재떨이를 내 방에 공공연히 놓아둘 수 있었고, 그 속에 담배꽁초를 남겨놓을 수 있게 된 셈이었다. 지금 생각하면, 성인이 되면서 몸에 해로운 담배를 피우게 되는 것이니 사람이 자란다는 것, 또는 어른이 된다는 것은 자기 자신과 남에게 해로운 짓을 할 수 있게 된다는 걸 뜻하는 듯싶기도 하다……

　내가 재떨이를 좋아하고 각별한 친근감을 느낀 이유는, 언제부턴가 자신도 모르는 사이에 그것을 신성한 그릇으로 생각하고 있었기 때문인 것 같다. 그리고 그동안 나는 왜 내가 재떨이를 신성한 물건으로 여기고 있을까에 대해 아주 가끔 그리고 잠깐씩 생각해보곤 했다. 그 이유는 별것 아닌 재떨이의 기능 바로 그것이었다. 즉 우리가 그 속에 재를 떨고 꽁초를 버린다는 사실 말이다. 아니 재떨이는 우리의 담뱃재와 꽁초를 그 속에 담을 수 있도록 '용납'한다고 말하는 것이 내 의도에 더욱 적합하다. 그러면 재와 꽁초를 용납한다는 사실이 왜 재떨이를 신성한 그릇으로 만드는가. 그것은 우선 사람들이 담배를 피우는 이유 및 그 의미들과 관련이 있다.
　담배가 탄 뒤의 재와 꽁초는 마치 허물어진 파르테논 신전의 폐허에 서 있는 돌기둥들처럼 인간의 야심과 의지와 상상력의 폐허이다. 담배를 피우는 동안, 즉 담배가 불타 재가 되는 동안, 사람들의 불안·초조·망설임·욕망·좌절·우울·흥분·분노·도피·무력·게으름·결단·공격성 등의 복합으로 이루어진 심리상태도 불타 조금씩 재가 되는 것이기 때문이다.

담배를 불태워 재로 만들다가 사람들은 결국 자신의 몸이 불타 땅에 묻힐 것이다.

재떨이는 그리하여 대지의 이미지를 갖고 있다. 내가 시카고에서, 유치하게도, 지구상의 가장 높은 빌딩이라는 시어스 빌딩 꼭대기에 올라갔다가 구리로 만든 작은 재떨이 하나를 사가지고 내려온 것도 재떨이가 가지고 있는 땅의 이미지 때문이었는지도 모른다. 나는 그걸 사다놓고 한동안 재를 떨지 못하고 그걸 자꾸 바라보기만 했고, 내가 바라보면 그것도 완전한 고요 속에서 나를 바라보았다. 그건 표정이 있었고 따뜻했고 그리하여 살아있었고 기다리고 있었다.

그런데 재떨이가 보다 더 인간화되는 것은, 당연한 일이지만, 그 속에 재와 담배꽁초가 담겨 있을 때이다. 그럴 때는 재떨이 자체보다도 거기 담겨 있는 재와 담배꽁초들이 눈에 들어온다. 그 속에 재는 모든 소리가 무너진 뒤의 모습 - 정적의 한가운데로서 거기 있다. 그 재로부터 나는 인간의 여러 소리들의 할아버지의 할아버지의 할아버지인 절대 고요를 듣는다.

그리고 그 담배꽁초들! 서로 머리를 맞대고, 마치 추운 겨울날 작은 새들이 서로 깃을 맞대고 비비듯 비비며, 서로 고개를 틀어박거나 안고 누워 있듯 모여 있는 사랑스런 꽁초들. 쓸쓸하고도 사랑스런, 불타고 난 의지의 폐허.

나는 한때 재떨이를 즉시즉시 비우는 걸 무척 싫어했었다. 그래서 가능한 한 많은 재와 담배꽁초가 거기 쌓이기를 기다렸다. 그렇게 쌓아놓은 채 외출을 했다가 다시 돌아오면 무엇보다도 재떨이의 꽁초들이 나를 맞이했었다. 그때 나는 아마 얼마 전과 다름없이 그대로 담겨 있는 그 꽁초들을 통해 자기의 존재의 지속성을 확인했는지도 모른다.

혹은 또 깊은 원시의 산중에서 불타다 남은 숯덩어리나 나무조각들이 재 속에 있는 걸 발견했을 때처럼, 그 꽁초들이 몇 시간 전의 자기였다는 걸 순간적으로 잊고, 여기 사람이 있었구나 하고 반기며 친근감을 느꼈는지도 모를 일이다.

바라보는 일은 그것 자체로서 완전한 행동이다. 그리고 마음의 평정 속에서 바라보는 일은 가장 아름다운 일 중의 하나이다. 바라보는 대상이 무엇이든 상관없다. 우리가 만일 빈 재떨이를 바라보는 법을 알고 있다면 담배를 피우지 않아도 되고 재떨이를 꽁초로 메우지 않아도 될는지 모른다. 빈 재떨이를 바라보고, 보면서 거기 몰입할 수 있다면 그 빈 재떨이는 바라보는 자에게 거의 모든 것을 알려주는지도 모른다. 그건 가능한 일이다.

그러나 우리는 빈 재떨이를 바라볼 줄 모르기 때문에 담배를 계속 피우지 않을 수 없고, 재떨이는 비어 있을 사이가 없게 된다. 나는 빈 재떨이를 바라보는 일도 좋아하지만, 그러나 그 속에 있는 재와 꽁초에 대해서도 커다란 애정을 느낀다. 그것은 인간의 여러 가지 습관과 약점에 대한 연민인지도 모른다.

그러나 나는 이즈음 사람들이 빈 재떨이를 바라볼 수 있었으면 하고 바라고 있다. 담배를 피운다는 것은 퍽 공격적인 일일 수도 있기 때문이다.

재떨이는 흔히 마주 바라보고 있는 사람들 사이에, 그 중간에 놓여 있다. 그리고 사람들의 손은 그 재떨이에 재를 떨려고 들락날락한다. 그리고 주고받는 말의 부스러기처럼 의식의 파편처럼 재와 꽁초는 거기 쌓여간다. 재떨이는 이야기하는 사람들이 담배를 비벼 끄고 꽁초가 던져질 때마다 자신이 짊어져야 할 짐의 중량이 늘어나고 있음을 느낀다. 그리고 자기의 용량 속에서 견디는 것이다. 그도 그럴 것이 사람들은 그들의 용량의 한계 때문에 다른 그릇을 필요로 하기 일쑤다.

　그리하여 빈 재떨이를 가능한 한 오래 바라볼 수 있다는 것은 바라보는 자의 마음이 그만큼 가볍다는 것을 뜻한다. 우리가 때때로 빈 재떨이를 바라볼 수 있기를 내가 바라는 까닭도 그런 데 있다.

　그런데 나는 재떨이 중에서도 목제를 제일 좋아하고 그리고 면적이 될 수 있는 대로 넓은 것을 좋아한다. 넓고 클수록 그 속에 담긴 재와 꽁초들이 상대적으로 작게 보이며 멀리 보이기 때문이다. 그것들이 멀고 작게 보일 때 그것은 하나의 풍경으로 내 앞에 열려 있게 된다. 그리고 나무는 쇠나 돌에 비해 한결 따뜻하고 그래서 그 속에 담기는 것에 대해 반발하지 않고 다소곳이 받아들여 품는다.

　그리고 모든 그릇들은 그 속에 담긴 것들이 버려진 것이 아니게 하는 역할을 하고 있다. 즉 어떤 것이 그릇에 담겨 있을 때, 그것이 가령 과일 껍질이라고 하더라도, 그것은 아직 버려졌다고 말할 수 없다. 담배꽁초가 길에 버려져 있을 때 그것은 쓰레기이며 보기 싫고 더러워 보인다. 그러나 그것이 아직 재떨이 속에 담겨 있을 때는 인간과 그의 소유에 연결되어 있다. 꽁초와 재가 인간의 의지와 야심의 찌꺼기이며 폐허라고 한다면, 그 폐허가 아직 담겨 있을 그릇이 우리에게는 필요하다. 인간의 의지란 어떤 면에서 부서진 의지들을 어떻게 간직하고 담아두느냐에 따라 새롭게 유지되고 충전되는 것이겠기 때문이다.

그런데 우리의 손이 때때로 재떨이 역할을 할 수 있음을 나는 알고 있다. 언젠가 나의 선배 한 분이 기다란 담뱃재를 떨 재떨이가 없어서 그걸 거꾸로 들고 떨 데를 찾고 있을 때 나는 장난스럽게 손을 오무려서 "여기 떠시죠." 하고 말했다. 그분도 역시 장난스럽게 재를 내 손 속에 떨었다. 그러자 나는 내 손 안에 든 재를, 마치 성당에서 성회수요일聖灰水曜日에 하듯이 그의 머리 위에 뿌렸다. 그리고 주문呪文에 해당할, 알아듣지 못할 소리를 웅얼웅얼 읊었다.

— 내 손이 인간의 행동의 재를, 의지의 폐허를 담는 그

롯이 되어지사이다.

권정생

목생 형님

생각나는 사람에 대한 이야기를 쓰자니 좀처럼 생각나는
사람이 없다. 더욱이 어떤 삶의 계기를 만들어 내게 영향을
끼쳐준 실재의 인물도 생각나지 않는다.

어쩔 수 없이 나는 내 혈육 가운데 잊지 못할 둘째 형님
에 대한 이야기를 쓰기로 했다.

아직 내가 이 세상에 태어나기 전인 1936년 가을, 어머
니는 아버지를 찾아 현해탄을 건너 일본으로 가셨다. 그때
어머니에겐 벌써 5남매의 자식이 딸려 있었다. 이보다 7년
앞서 일본에 간 남편(아버지)에게서 소식이 끊기자 더 기다
릴 수 없어 감히 말만 들어온 일본행 연락선을 타게 된 것
이다. 일개 시골 아낙인 어머니가 손수 주재소로 면사무소
로 찾아다니며 수속을 밟아 간신히 얻어낸 여권이 안타깝
게도 네 사람밖에 나오지 않았다. 5남매 중 둘은 떼어놓아
야만 하는 형편에 이른 것이다.

마침 맏형님은 열아홉 살의 청년으로 친구와 함께 일단
만주로 갔다가 뒤에 일본에 건너가기로 계획하고 만주로
떠났다. 그런데 둘째인 목생木生 형님은 아직 열다섯 살의
어린 소년으로 객지에 보낼 수 없어 잠시 동안 할머니에게
맡겨두기로 했다. 그 당시 할머니는 의성 지방 길안골이라

는 산속 깊숙한 외딴집에 나병을 앓고 있는 막내삼촌을 데리고 숨어 살고 있었다.

"목생아, 일본에 닿으면 곧 아버지 보내어 어떡하더라도 널 데려갈 테니까 할머니하고 삼촌 말 잘 듣고 기다려라."

목생 형님은 착했다. 눈물을 감추어가면서 어머니와 동생들과의 이별을 참아주었다. 일본에 닿는 즉시 아버지를 보내어 데려가겠다고 약속한 어머니는 그걸 이행하지 못했다.

목생 형님은 길안골 산속 문둥이 삼촌과 할머니 밑에서 고독과 주림을 이기지 못해 2년 만인 1938년, 열일곱 살의 아까운 나이로 죽고 말았다. 내가 태어나서 첫돌이 채 되기 전이었다.

나는 이때부터 자장가 대신 어머니의 구슬픈 타령을 들으면서 자랐다. 슬픈 타령과 함께 항상 젖어 있는 어머니의 눈동자는 나의 성격 형성기에 가장 많은 영향을 끼쳤음을 부인하지 못한다. 내가 사물을 어느 정도 분별하게 되고부터 목생 형님의 형상이 점점 나의 머리에 뚜렷이 부각되기 시작했다.

어머니가 이야기하셨다.

"꼭 한 번 꿈에 나타나주었어. 할아버지 산소 곁에 오두마니 서서 '엄마, 나 할아버지한테 왔어.' 하면서 울지 않고 웃었어."

할아버지가 나무처럼 살라고 지어준 이름 때문인지 목생 형님은 유달리 나무를 좋아했다고 한다. 산에서 베어온 갖가지 나무로 베틀 연장도 다듬고, 물레도 다듬고, 씨아도, 도리깨도 만들었다고 한다. 마음에 드는 나무가 있으면 베어다가 뒤란에 쌓아놓고 쓸데가 생기면 골라 무엇이든 만들었다. 열두세 살 때부터 솜씨가 제법이어서 웬만한 집안 연장 가지는 목생 형님의 손으로 만들어 썼다고 한다.

언젠가는 산에서 미출미출한 옻나무 회초리를 잔뜩 베어 지고와서 온몸에 옻이 올라 고생한 적도 있다. 어머니가 20리나 되는 약수탕에 가서 약물을 길어다 먹이고 발라주어 가까스로 낫게 된 후부터 나무의 종류를 익히느라 성가실 만큼 나무 이름을 물었다고 한다.

할머니와 함께 살았던 2년간의 생활은 자세하지는 않지만 후에 들은 소문과 추측으로 헤아릴 수가 있다.

칡뿌리와 산나물, 송기죽이 식생활의 전부였던 것은 말할 나위도 없다. 싸리나무로 덫을 만들어 들쥐까지 잡아먹어야 하는 절박한 상황에 이르게 되면서, 목생 형님의 고통은 무엇으로 표현할 수 없었을 것이다. 쥐 잡을 덫은 목생 형님이 손수 만들었을 것이다.

형님은 잡은 쥐 고기를 어떻게 먹었을까? 끓여서 먹었을까? 아니면 구워서 먹었을까? 문둥이 삼촌께 양보하고 형님은 아주 조금밖에 먹지 못했을지 모른다.

삼촌은 마음씨가 어땠을까? 성질이 고약했다면 외로운 형님을 가끔 윽박지르지나 않았을까? 산으로 내쫓듯이 보내어 힘든 칡뿌리를 캐오라고 시키고, 나무를 해오라고 시키고, 군불을 지피라고 시켰을 게다.

할머니는 어떻게 했을까? 아비 어미의 눈이 화등잔처럼 살아 있는데, 왜 병든 자식 데리고 쫓겨오듯 숨어 살고 있는 나한테 와서 보채느냐고 구박이나 주지 않았을까? 먹을 것이 있으면 숨겨뒀다가 몰래 문둥이 삼촌한테만 주고 형님은 굶기지나 않았을까? 그럴 때마다 형님은 뒤란 구석에서 훌쩍거리며 울었겠지? 때로는 산봉우리 높이높이 올라가 남쪽 하늘을 바라보며 어머니를 불렀을 게다. 아버지도 불렀을 게다. 동생들 이름도 불렀을 게다.

"을생乙生아아!"

"귀분아아!"

"또분아아!"

목이 터지도록 부르면서 울었을 게다.

외딴 산속에서 친구가 없는 목생 형님은 나무와 더욱 친했겠지. 그중에서도 늘 푸른 소나무를 정말 친구처럼 사랑했을 게다. 사태 난 비탈에 뿌리가 엉성하게 드러난 나무가 있으면 흙을 덮어주고, 다른 데 옮겨 심어주기도 했을 게다.

시간이 나면 옛날처럼 연장을 다듬었겠지. 씨아도 만들고, 물레도 만들고, 재떨이도 만들었을 게다. 혹시나 식구들이 모이면 쓰게 될 집 안 연장을 깎고 다듬으며 시간을 보내었을 게다.

봄이면 산새들의 지저귀는 소리를 듣고 여름엔 개울물에 혼자서 미역을 감았겠지. 눈 내리는 겨울밤엔 오래오래 잠 못 이루며 식구들 생각을 했겠지. 매정하게 소식 없는 아버지 어머니를 원망도 했겠지.

세 살 아래인 동생 을생이와 싸운 것을 생각하다간 가슴이 아프도록 후회도 했겠지. 누이동생 귀분이에게 할미꽃 족두리 만들어 씌워주던 일, 또분이를 업어주고 코 닦아주던 일도 생각했겠지.

공중에 날아다니는 새에게도, 들에 피어나는 한 송이 꽃에도 하느님은 먹이고 입히신다는데 형님은 먹을 것이 없어 굶어서 죽었다.

숨이 넘어갈 때의 모습은 어땠을까? 할머니는 그래도 불쌍한 손자를 끌어안고 몸부림치셨겠지. 문둥이 삼촌도 손가락이 다 문드러져 나간 손바닥만으로 조카의 이마를 쓸어주며 눈물을 흘렸을 게다. 가엾은 사람들.

지금도 길안골 산속 어디쯤에 불쌍한 목생 형님과 문둥이였던 삼촌이 묻혀 있다.

아니, 목생 형님은 어느 봉우리 위에 한 그루 소나무가 되어 늘 푸른 잎을 피우며 서 있을 게다. 일제의 무자비한 침략과 못난 조상들도 죄 없는 한 어린 소년의 넋마저 빼앗지는 못했을 것이다.

얼굴 한 번 보지 못한 형님. 그러나 그럼으로 말미암아 더 귀중한 형님을 만나보게 된지도 모른다.

역사는 잔인하지만 생명은 아름답다.

새해엔 내 나이도 마흔이 넘는다.

가끔 독신 생활이 외롭지 않느냐고 은근히 물어오는 분

들이 있다. 이런 땐 딱하게도 어떻게 대답해줄지 망설여진다. 외롭다고 하면 당장 묘책이라도 있단 말인가? 인간이라면 외롭지 않은 이가 어디 있을까? 결혼이라는 수단이 외로움을 해소해주는 유일한 길이라면 인간으로 태어날 아무런 의미도 없지 않은가? 나 자신도 외로운 원인을 독신이라는 테두리에서 생각해볼 때도 있다. 그러나 꼭 외롭기 때문에 결혼을 해야만 한다는 생각을 가져본 적은 없다. 나는 나 자신도 독신인 이유를 잘 모른다. 지병 때문에 결혼을 하지 않은 것도 아니다. 데데해서 혼기를 놓쳐버린 못난 인간인지도 모른다.

그러나 나에겐 이 세상에 태어나면서 하느님이 부과해준 소중한 내 인생이 마련되어 있었다.

목생 형님의 죽음과 다섯 살 때 들은 예수의 십자가 죽음, 이 두 죽음이 나의 뇌리에 박히면서 외곬으로만 비껴나가려는 못된 인간이 되어버렸다고 보고 싶다.

그래서 나는 아주 어릴 적부터 보이는 유형의 세계에 이내 싫증을 느끼고, 보이지 않는 무형의 세계를 동경하며 의식중이거나 무의식중이거나 그것을 실체화하려고 몸부림쳐왔다.

교육다운 교육을 받아보지 못한 나로선 스승이 될 만한 사람을 만나지 못했다. 그래서 생각나는 사람도, 특별히 나에게 영향을 끼쳐준 사람도 찾을 수 없다.

　얼마 전까지도 나는 헤어진 혈육들이 한자리에 모여 보고 싶은 마음이 간절했지만, 지금은 그것조차 많이 퇴색해 버렸다.

　살아 있는 것은 무형의 그림이다. 그것이 더욱 또렷이 내 마음속 깊숙이 향기를 뿜으며 생동하고 있는 한 나는 덜 외로울 수 있다. 다 잃고 난 다음에야 우리는 소중한 한 가지를 차지할 것이기 때문이다.

　생각나는 사람, 그리운 사람이 아닌 내 가슴에 살아 있는 목생 형님은 끊을 수 없는 반려자이며 내 사랑하는 소년이다.

　슬픈 동화의 샘처럼 항시 맑디맑은 그 눈동자가 내 영혼을 감싸고 있는 한 나는 거기서 벗어날 수도, 벗어나고 싶지도 않다.

3

김영태

풍경 · E 베니스에서의 죽음

나는 내가 다니는 직장에서 비교적 장발족長髮族으로 통한다. 비교적이란 수식어는 편의상 붙여본 거고 장발족의 표본쯤 도장이 찍혀 있다. 표본이란 말이 나왔으니 말이지, 코 흘리던 시절 여름방학 때 호랑나비나 잠자리 따윌 잡아서 상자 안에 바늘로 꽂아놓는 것이 표본의 예일 것이다. 말하자면 나도 그런 꼬락서니로 내 등허리에 바늘이 꽂혀 있다. 나비나 잠자리 같은 곤충표본昆蟲標本에 비해 제 얼굴에 책임을 질 나이를 훨씬 뛰어넘어, 인간표본으로 남아 있는 몰골이 가관이고 한심스러운 터이다. 장발만 표본이냐 하면 그렇지도 않다. 몇 가지가 부수적으로 표본의 새끼를 치고 있다. 어깨의 뽕을 뺀 상의上衣가 한창 유행일 때 역으로 뽕을 집어넣어 목 아래 수평을 고수해본다든가, 승강기 안에서 남들이 멀쩡하게 눈을 뜨고 있을 때 결사적으로 구두 콧잔등까지 눈을 내리깔고 있다든가, 1년 내 흰색이 아닌 유색 와이셔츠의 착용, 45도로 망가진 어깨, 기왕에 소외된 마당이지만 풀기라곤 없는 표정 따위 등, 나열하려고 들면 한이 없을 것 같다.

처남이 외국은행 한국지점에 책임자급으로 재직 중인데 아마 내 직장의 모 차장과 대학동기인 관계로 어떤 술좌

석에서 나에 대해 물어본 모양이다. 이때다 싶어 모 차장이 열을 내더란다. "아, 알다마다, 그 왜 글줄도 쓰고 괴상망측하게 차리고 다니는 친구가 바로 자네 매부란 말이지, 그 자머리를 보면 그리니치 거리의 히피 생각이 나 구역질이 날 정도지." 그러고 보니 나는 어느새 소리없이 명물이란 가죽옷을 본의 아니게 입게 되었고, 명물도 명물 나름이겠지만 동물원 창살 속에 갇혀 여러 가지 잡시선을 받는 특종처럼 되어버려 신트림이나 할 수밖에 별 대책이 없다.

나만 그러냐 하면 간단치 않다. 우리 2세二世 둘도 동네에선 비틀즈로 통한다. 아이들은 뱃속에서 나와 이발소 문턱을 가보지 못했다. 옛날에는 상고머리란 아이들 전용 머리형이 유행이었는지는 모르지만, 세태는 지극히 변했고 바리깡을 댄 머리보다 밑둥만 가위로 친 두발이(설사 귀밑이나 뒤 목을 덮어도) 정상적인 수준을 유지하게끔 된 요즈음, 아무튼 2세들의 이발은 두 달 간격으로 내가 가위질하는 전담과목이 되어버렸다.

둘째 아이는 실팍하고 대단한 똥고집이고 근육이 발달, 투쟁의욕이 우리 보기에도 돌연변이를 느끼게 하는 반면, 맏상제는 하는 수작부터 하다못해 꼬부리고 새우잠을 자는 잠버릇까지 영낙없이 나를 닮았다. 나를 닮았대서가 아니라 나도 돌연변이보담 만상제에게 줄곧 신경이 쏠려있기는 한데 비틀즈 얘기로 다시 돌아가서, 아이가 골목길을 혼자 달릴 때 속력 때문에 양옆으로 갈라지는 머리칼을 멀리서 지켜보면 토마스 만의 「베니스에서의 죽음」이란 소설이 떠오른다. 꽤 감명깊게 읽은 이 소설에 나오는 타지오란 미소년과 아이를 결부시켜보는 것이다. 무엇과 무엇을 결부시켜보는 것이 나의 주무기라 하더라도 아니, 타지오 정도의 신비스러움, 우아함, 비수悲愁를 설사 아이가 못 지녔다 해도 나는 타지오적으로 성장할 수 있는 최대한의 공기와 햇볕, 실내의 분위기, 간섭 없는 하루하루의 전권을 아이에게 부여하고 싶다.

우리 집 졸개들은 엄마하고 있는 시간보다 재미없는 나하고 함께 있는 시간의 배당이 더 많다. 숙명적인 차질蹉跌이다. 따로따로 쓰는 두 사람의 독방 중 어느 한 방에서 아이들은 잠이 들곤 한다. 며칠 전에 쓴 졸시 「슈베르트에 대해서」는 만상제와 얼싸안고 시베리아 벌판 같은 가슴을 서로 손을 넣어 녹이면서 썼다. "나는 온몸이 상해 있었는데

피아노를 듣기엔 이 상태가 적합하였다." 아이는 어째서 '냉장고(아빠의 별명)'가 얼어버린 살을 잘 드는 칼로 저미고 있는지 궁금하다. 아빠의 늑골肋骨 밑에는 깊은 낭떠러지가 있구나, 하고 간혹 고개를 갸우뚱거릴지도 모른다.

풍경 · F 애칭愛稱에 대해서

우리나라 사람들은 별로 애칭愛稱이 없다. 서양 사람들처럼 이름이 길지 않고 석 자로 고정되어 있거나 어떤 경우엔 성을 빼면 한 자 이름이기 때문에 아마 애칭을 가질 겨를이 없나 보다. 슬픈 풍경의 하나다. 대신에 선조들은 호號를 가졌다. 아호雅號란 본인 스스로 짓는 경우도 있지만 친구나 존경하는 선배, 혹은 은사가 지어주는 예도 허다하다. 내가 보기에 아호는 애칭보다 좀 불편하다. 누구나 손쉽게 부를 수 있는 애칭에 비해 호는 그렇지 않다. 가령 미당未堂일 경우, 미당이라고 부를 수 있는 사람은 동년배 정도는 돼야 하고, 친숙한 사이여야 하는 거리감이 가로놓여 있고, 학문적인 냄새도 그 속엔 끼어들기 마련인데 애칭은 이런 구차스러운 차원 같은 걸 무시해도 되는 자연스러움 때문에 훨씬 피부적이다. 기억이 희미해져 있지만 중학교 때 읽은 『퀴리 부인전』에는 아름다운 애칭이 범람氾濫하고 있다. 특히 폴란드 사람들은 어느 국민보다 애칭의 명수다. 어느 정도냐 하면, 한 사람이 일생동안 한 개의 애칭을 갖는 것이 아니라 성장하면서 그 애칭도 연륜과 비례해서 이쁘게, 혹은 성숙하게 변모한다.

피에르 퀴리 부인이 된 마냐 스클로도브스카의 경우도

예외는 아니다. 여러 형제들에게도 애칭이 주어졌는데 맏딸 소피는 소피아로, 조셉은 조지오, 브로니아는 브로니슬라봐, 헬라는 헬레나로, 특히 마냐는 사춘기에 접어들면서 마니아, 혹은 마뉴샤로 바뀐다. 마냐보다 마뉴샤가 훨씬 보이지 않는 육체의 선을 드러낸다(꼭 그렇다는 것이 아니라, 나 나름대로의 상상에 의하면). 한두 개의 애칭이 더 있는 것 같은데 정말 기억의 희미함 때문에 찾을 수가 없다. 그런가 하면 마뉴샤는 세 살 때부터 다섯 살 때 어머니가 즐겨 부르던 애칭은 안치유페치오였다. 내가 읽었던 『퀴리 부인전』은 퀴리 부인이 노벨상을 받기까지의 끈질긴 학구의 집념을 기술한 책인데, 사실 나는 그런 학문적인 측면 기록보다, 안치유페치오가 형제들과 성장하는 과정, 금단禁斷의 구역인 아버지의 서재에서 나이에 비해 힘든 원서를 정신없이 독파하는 마냐 스클로도브스카의 자태에 더 흥미를 두었던 것 같다.

내 이름은 클 태자 돌림으로 가친家親이 지은 것이지만 나로서는 불만이 많다. 너무 평범하고 시금치나물처럼 사방에 힘이 없다든가, 써놓거나 부를 때도 공장 굴뚝의 연기같이 매듭이 없기 때문이다. 그렇다고 포커의 Q(마담)나,

미스터로 통칭되는 K(킹) 같은 박력도 없는 게 내 이름이다.

아무 쓸모없는 이름, 개성이라곤 눈곱만큼도 안 들어 있는 이 이름 석 자의 개칭을 위해서 한때 나는 고심을 하다가 여러 번의 낙서 끝에 빼낸 두 자가 木雨였다. 金木雨. 글자의 획도 간결하고 그럴 듯했다. 나무에 비 내리다가 아니라, 비 오는 데 서 있는 나무, 어쩌고 혼자서 풀이 같은 걸 했다. 그 이름이 결국은 사용이 보류된 채, 지금은 맏상제의 이름이 되어버리고 말았지만.

우리 집엔 두 마리의 서양개가 있다. 한 마리는 스패니얼, 한 마리는 푸들이다. 스패니얼은 남성이고, 푸들은 여성인데 나는 이 식구들에게 안토니오와 쥬리란 애칭을 수여하였다.

아령 연습이 점차 시시껄렁해지자, 나는 신체단련 일환책으로 새벽녘에 뒷산을 올라가곤 한다. 쥬리는 내 무릎 옆에 바짝 붙어 다니지만, 안토니오는 역시 남성의 본성 그대로 제멋대로이고 방약무인傍若無人하다. 안토니오를 부를 때는 안과 토니오를 조금 떼어 불러야 제맛이 난다. 놈은 날쌔게 달려오지만 알짱거리다가 언덕등성이로 내빼곤 한다. 거기에 비해 우리 쥬리는 마음이 비단결 같다. 쥬리의 얼굴은 털 때문에 눈·코·입 말하자면 이목구비가 없다. 어디가 앞인지, 어디가 뒤인지, 옆인지 쉽사리 분간이 되지 않는 점이 마음에 든다. 그 안면 어디에 칠흑같은 슬픈 눈동자가 숨어 있어 비라도 칠칠 오는 날은 아이들 침대 밑으로 파고들어와 응석을 떨곤 한다. 뜰이 없는 마당이라, 안토니오가 괴로워하는 것 같아 며칠 전에 건축가 공일곤公日坤형 댁으로 임시 숙소를 옮겨주었다.

강운구

어디에 누울 것인가

유랑자처럼 떠돌며 많은 날을 선잠잤으므로 여관의 역사라도 쓸 수 있다. 나 같은 직업을 가진 이야 별수가 없으므로 감수할 수밖에 없지만, 호젓한 여행이나 관광을 누리려는 사람은 집 떠나면 불편하다. 다행히 노자가 두둑하고 목적지 근처에 호텔이라도 있다면 그렇지만은 않겠지만. 여관방에 들어서면 화장실의 곰팡이 썩는 냄새가 먼저 환영사를 보낸다.

그리고 이불—그 나일론 섶에 꼬질꼬질 때가 묻은—을 들치면 곰질곰질 기어다니는 시늉을 하고 있는 거웃이나 '지도'가 맞이하지 않을 때란 희귀하다. 요즘은, '장'이나 '모텔'이라고 이름 붙인 곳은 겉은 번지르르하며 방 안에는 냉장고, 에어컨, 그리고 비디오플레이어가 붙은 텔레비전 같은 첨단적인 설비가 거의 되어 있다. 그러나 호청, 저 사람을 사람답게 하는 간단한 천은 여전히 때가 꼬질꼬질하다.

여름 저녁은 길다. 해가 늦게 지기도 하지만 뉘엿뉘엿 폼 잡으며 천천히 어두워진다. 그러나 겨울엔 해가 꼴깍 넘어가고 나면 금방 캄캄해진다. 낯선 곳에서는 이골이 난 떠돌이라 한들 그럴 땐 마음이 먹먹해진다. 문득 귀소본능이

발동해 저자의 불빛이 그리워진다. 묻고 물어서 찾아간 식당의 희미한 불빛 아래서 혼자 먹는 밥은 허기졌어도 잘 넘어가지 않는다.

육칠십년대에는 잠자리에 고단한 몸을 뉘고 있다가 한밤중에 몇 번이나 검문을 받았었던가. 길가의 여관방 문이 하도 허술해서 카메라 가방을 근처의 파출소에 맡기곤 잠자리에 들기도 했었다. 그때에는 더러운 이불이나 위생적으로 보이지 않는 음식을 탓할 겨를도 없었다. 이제 이만큼 되어 '알프스'나 '그린' 또는 '궁전'장이나 모텔쯤으로 번쩍이는 간판을 달았으면, 적어도 누군지 모를 사람이 발을 덮었던 쪽을 입쪽으로 대고 잘지도 모른다는 작은 염려 하나쯤은 해결해줘야 되는 것이 아닐까.

가령, 누군가가 온 나라에 여관 전문 세탁소 체인을 만들어 손님방 호청을 갈아주고, 걷은 것은 세탁해 다음날 갈아주는 사업을 하면 수지가 맞지 않을까. 서울 근처엔 사람 없이 전자장치로 제어되는 '장'들이 있는 모양이다. 어떤 사람과도 대면하는 것으로부터 자유(?)로운 그런 첨단 '장'들은, 시트도 자동으로 깔리는지 모르지만, 별난 데로 발달하기보다는 상식적인 수준으로나 되었으면 좋겠다. 음식

과 잠자리가 해결되지 않는 여행은 그러므로 모험일 수밖
에 없다.

길에서 길을 잃다

길 못 낸 게 한이 된 귀신이 씌었는지, 길 내고 고치느라고 온 나라가 공사판이다. 없던 길들 새로 내고, 굽은 길들은 바로 펴고, 재를 넘어 굽이굽이 돌던 아련한 길들은 터널 속으로 펴서 넣고, 어마어마한 다리 놓아 계곡을 가로지르고, 비포장은 넓혀서 포장하고…… 길만큼은, 국도나 지방도에도 못 끼이는 기타 도로까지 포장이 거의 다 되었다. 포장률만큼은 세계적이다. 툭하면 들먹이는 세계 몇 번째라거나, 그에 못 미치면 아시아에서 몇 번째라는 말이 안 들리는 게 오히려 수상쩍을 정도다. 그런 길로 작은 차도 큰 차도 무지막지하게 잘들 달린다.

그리하여 작은 이 땅은 더 작게 되어, 그야말로 온 나라가 하루 생활권이 되었다. 길은 중앙집권을 드디어 완성시켰다. 목포에서도 그날로 서울 남대문시장에서 양말짝 같은 것들 떼어 가고, 부산에서도 동대문시장에서 옷가지 떼어 간다. 모든 길은 서울로 곧바로 이어진다. 그리하여 다 서울, 서울의 변두리가 되려고 한다.

이 땅의 길을 따라 서른몇 해를 꼼꼼하게 쏘다녔다. 눈 감고도 이 땅의 게놈 같은 지도쯤이야 그릴 수 있었다(얼마나 허망한가, 그럼에도 고작 허약한 사진 몇 장을 겨우 주웠을 뿐이니). 왜 과거형 문장인가 하면 지금은 그렇지 못하기 때문이다. 온통 뒤바뀌고 새로 고쳐져, 여러 번 가봐 잘 알던 곳을, 가봤다고는 말할 수 있으나 안다고는 말할 수 없게 되어버릴 정도로 밑둥치까지 다 바뀌었다. 그러고도 또 나날이 모습이 달라진다.

외모가 바뀌어도 속은 안 바뀌는 것도 이상하고, 외모가 바뀐다고 속까지 다 바뀌는 것도 이상하다. 어느 지역이나 거의 비슷한 환경, 주거형태, 음식, 옷 같은 유행들은 다 텔레비전과 잘 뚫린 길 탓일 터이다. 그런 점은, 말하자면 어느 나라보다도 민주화되었다. 그런데 그런 것들이 '민주'가 아니라 획일적인 '전제'를 떠올리게 하는 것은 무슨 까닭일까.

앤디 워홀Andy Warhol이 '나의 철학은 날마다 바뀌는 것이다'는 뜻의 말을 한 적이 있다. 모든 체제와 이즘이 굳건하고 육중한 나라의 전위작가로서는 할 수 있는 말이겠다. 그이가 가령 이 땅의 이 시대에 살았더라도 그런 말을 할 수 있었을까.

잘된 길 덕에 모든 마을들은 아슬아슬할 만큼 길가에 나앉게 되었으며, 지방자치제 이후 모든 지역에서는 그 지역의 문화재, 이를테면 보잘것없는 선돌 하나까지도 그 길가에(안내 간판으로) 끄집어다 내놓았다.

'반만 년 역사, 그 빛나는 전통과 얼'을 내세우길 좋아하면서도 그 곁을 획획 달려 우리는 어디로 가는 것일까.

황병기

깊은 밤, 그 가야금 소리

음악은 공기 중에 일어나는 파동으로 존재하면서 동시에 사라져버린다. 음악처럼 철저하게 덧없는 예술은 없을 것이다.

사실 음악은 이러한 무상함 때문에, 그것이 과연 '진정한 의미의 예술 작품opus absolutum'일 수 있느냐에 대하여 서양의 사상가들로부터 끈질기게 의심을 받기도 하였다. 인간은 참으로 가치 있는 것은 무엇보다도 불변해야 된다고 생각하는 성향이 있다. '영원히 변치 않는 것'이란 바로 가장 바람직하고 가치 있는 것을 의미한다. 그래서 '만세萬歲!'가 최고의 찬사이다. 영원히 변치 않는 사랑이나 언약은 얼마나 보배로운 것인가. 지고至高의 절대자인 신의 개념도 인간의 영원성에 대한 갈망에서 비롯된다고 보아도 좋을 듯하다. 그런데 음악은 순간적으로 흔적도 없이 사라져버리니, 서양의 합리주의자들이 음악에도 문학이나 미술에서처럼 '진정한 작품'의 개념이 있는지를 의심했던 것이 당연하다고 하겠다. 방대한 미학 체계를 이룩한 헤겔조차도 '음악의 참된 존재성은 그 자신의 즉각적인 시간의 흐름 속에서 사라져버린다'고 생각했다.

얼마 전, 하와이의 동서문화 센터에서 오랜만에 편지가

왔다. 용건은 두 가지였다. 첫째는, 미국 전역의 공공 방송국에 배급할 동양음악 시리즈의 주제음악을 선정하기 위하여 프로그램 위원회에서 많은 음악을 들어가며 검토한 끝에, 내가 65년에 하와이에서 연주한 「가을」을 택하게 되었으니 허락해달라는 것이었다. 이 시리즈는 전부 15개의 프로그램으로 이루어지는데, 프로그램마다 각 민족의 음악을 30분씩 연주하며, 프로그램의 시작과 끝에 「가을」에서 발췌한 음악을 사용한다는 것이다. 둘째는, 내후년(1991년)에 하와이에서 가야금 독주회를 해달라는 것이었다. 내가 1965년에 하와이에서 최초의 해외 가야금 독주회를 열었을 때 일으킨 공기 중의 파문은 그렇게 덧없지만은 않았던 것 같다. 그것이 시발점이 되어 그동안 구미에서 30여 회의 가야금 독주회를 갖게 되었고, 25년이라는 세월이 흐른 지금 그 데뷔지地에서 다시 연주해달라는 초청을 받았기 때문이다.

가치 있는 것은 불변해야 된다고 하지만, 사라져 없어져버리는 것들이야말로 우리 영혼의 금선琴線을 울릴 때가 많다. 황금은 불변하기 때문에 가치가 있겠지만, 곧 져버리는 꽃, 그 꽃잎에 맺힌 이슬, 심지어 그 이슬의 그림자조차도 우리의 가슴을 뭉클하게 하는 가치가 있다. 음악은 사라지는 것 중에서도 가장 순수한 것이라 할 수 있다. 따라서 우리가 음악에 몰입한다는 것은 '순간에 충실함'으로써 '순수한 시간을 지니게 되는 것', 베르그송이 말하는 모든 사물의 근원으로서의 '순수 지속'을 지니게 되는 것이라 할 수 있다.

음악은 숨결처럼 사라지는 공기 중의 결에 불과하지만 콩바리외J. Combarieu의 말을 빌리면, "심오한 심리 상태의 주석자이자 창조자이며 정신의 섬세한 토로이자 윤리 생활의 미묘한 동력"인 것이다. 그래서 일찍이 공자孔子는, "사람은 음악에서 완성된다成於樂."고 했을 것이다.

금년 여름은 유달리 덥고 비도 많이 왔었다. 이제 더위와 습기에 시달렸던 가야금을 곱게 닦고 새 줄을 걸면 가을 하늘만큼이나 맑고 투명한 소리가 다시 울려나올 것이다. 기울온 책 보기에 좋은 계절이라고 하지만, 음악을 하기에는 더욱 좋다. 일년 중 악기 소리가 제일 잘 나기 때문이다. 그러나 햇밤과 햇대추를 먹고 밤이 이슥하도록 가야금을 탈 때의 그 운치는 한국의 음악가만이 느낄 수 있는 것이리라. 귀뚜라미 우는 가을밤, 가야금의 오동판에서 울려나오는 소리들이 장판에 반사된 후 장지문을 통하여 조금은 밖으로 나가고 나머지만 방 안에서 맴돌 때의 그 독특한 맛은 우리만의 비밀스러운 것이리라.

신영복

나의 숨결로 나를 데우며

겨울의 싸늘한 냉기 속에서 나는 나의 숨결로 나를 데우며 봄을 기다린다.

천장과 벽에 얼음이 하얗게 성에져서, 내가 시선을 바꿀 때마다 반짝인다. 마치 천공天空의 성좌星座 같다. 다만 10와트 백열등 부근 반경 20센티미터의 달무리만 제외하고 온 방이 하얗게 얼어 있다.

1월 22일 3호실로 전방轉房되어 왔다.

방 안 가득히 반짝이는 이 칼끝 같은 '빙광氷光'이 신비스럽다. 나는 이 하얀 성에가, 실은 내 입김 속의 수분이 결빙한 것이라 생각한다. 내가 내뿜는 입김 이외에는 얼어붙을 것이라고는 아무것도 없기 때문이다. 천공의 성좌 같은 벽 위의 빙광은 현재 내게 주어진 가장 큰 '세계'이다.

기온이 내려갈수록 이 빛은 더욱 날카롭게 서슬이 서는 듯하다. 나는 이 빙광이 날카로워지면서 파릇한 빛마저 내뿜는 때를 가장 좋아한다.

그저께는 바깥 날씨가 많이 풀린 모양인지 이 벽의 성에가 녹아내리는 것이었다. 지렁이처럼 벽을 타고 질질 흘러내리는 물줄기는 흡사 '시체'처럼 처량하고 징그럽다. 지렁이의 머리쯤에 맺힌 물방울에서 흐릿한 물빛이 반사되고 있기는 하다. 흐릿하고 지루한 빛을 둔하게 반사하면서 느릿느릿 벽을 타고 기어내린다. 그것도 한두 마리의 지렁이가 아니라, 수십 마리의 길다란 지렁이가 거의 같은 속도로 내려올 때 나는 공포를 느낀다. 끈적끈적한 공포가 서서히 나를 향해서 기어오는 듯한 느낌이 눈앞의 사실로 다가온다.

이런 축축한 공포에서 벗어나고 싶기 때문에 나는 어서 기온이 싸늘히 내려가기를 바란다. 그리고 방 안 가득히 반짝이는 그 총명한 빙광을, 그 넓은 성좌를 보고 싶다.

그 번뜩이는 빛 속에서 냉철한 예지의 날을 세우고 싶다.

안규철

어린 시절 창가에서

나는 또래들보다 한 해 먼저 학교에 들어갔다. 그러느라고 부모님은 호적을 고쳐 내 생일을 일곱 달이나 앞당겼다. 늦게 본 자식을 빨리 키워야겠다는 조바심 때문이었다. 그 덕에 나는 나보다 한두 살에서 서너 살씩 더 먹은 아이들과 학교를 다녔다. 공부가 뒤처질까 걱정이 된 어머니는 이웃에 살던 사범대 학생을 과외 선생님으로 붙여주셨다. 초등학교 1학년짜리에게 독선생 과외를 시키는 건 흔한 일이 아니었다. 선생님은 진한 곤색의 교복 차림으로 우리 집에 왔는데 그때 무슨 공부를 얼마나 했는지 전혀 기억이 나지 않는다. 방 안에 상을 펴놓고 선생님과 마주 앉아 있으면 밖에서 동네 아이들이 뛰어노는 소리가 들렸고, 이 고역에서 풀려날 때만 기다리며 몸을 비틀고 있을 때 어머니가 과일 같은 걸 내오셨던 장면이 어렴풋이 떠오를 뿐이다.

그런데 한 가지 지금도 분명하게 기억하는 일이 있다. 공부 시간에 내가 무슨 잘못을 했는지 벌을 받은 일이 있었다. 그 벌이라는 것이 특이하게도 창문 앞에 의자를 놓고 올라서서 바깥 풍경을 내다보며 설명을 하라는 것이었다. 이를테면 "길 건넛집 빨랫줄에 빨래가 널려 있고 마당에 해바라기가 피어 있고 해바라기 옆에는 담장이 있고 담장 너머에는 가게가 있고 가게 앞 공터에는 강아지가 낮잠을 자고 있어요……." 하는 식이다. 벌을 받는다기보다는 무슨 새로운 놀이를 하는 기분이었다. 그러나 익숙하게 보아온 세상의 모습을 하나도 빠짐없이 말로 설명하기란 생각처럼 쉬운 일은 아니었다. 더 할 얘기가 없어서 "다 했는데요"라고 말하며 고개를 돌릴 때마다 선생님은 내가 무심코 빼놓았거나 얼버무렸던 것들을 신기하게도 찾아냈다. 보이는 것은 하나도 빠뜨리지 말라는 것이다. 그것은 종이 위에 물감 대신 말로 풍경화를 그리는 일과 같았다.

그때 창가에 서서 그 기이한 벌을 받으며 보낸 시간은 아마 길지 않았을 것이다. 하지만 그 일은 내게 결정적인 사건이 되었다. 나는 세상을 예전과는 다른 눈으로 바라보게 되었다. 그때 나는 처음으로 세상이 하나의 책처럼 읽을 수 있는 대상이라는 것을 알았다. 그 놀라운 책은 읽고 또 읽어도 항상 새롭고 끝이 없었다. 그 젊은 선생님은 물론 의식하지 못했겠지만 내게 그것은 일생일대의 발견이었다. 나는 때때로 또래들과의 놀이에서 빠져나와 세상에 대한 골똘한 관찰자가 되곤 했다. 그리고 그것이 나를 지금의 삶으로 이끌었다.

그릇들

그릇들은 과묵한 편이다. 그것들은 원래 소리를 내라고 만들어지는 것이 아니다. 그것들은 악기가 아니다. 그러나 그것들은 악기처럼 소리를 낼 수 있다. 들릴 듯 말 듯한 미세한 속삭임으로부터 뼛속을 파고드는 날카로운 고음까지 제법 다채로운 음역을 구사할 줄 안다.

음식을 담기 위해 비어 있는 그릇의 내부와, 음악을 담기 위해 비어 있는 악기의 내부는 비어 있다는 점에서 같다. 그들의 공통된 미덕은 침묵이지만 그 침묵은 언제라도 중단될 수 있는 침묵이다. 그 속에는 언제라도 새어 나올 수 있는 한숨 소리와 중얼거림과, 감탄사와 재잘거림이 들어 있다. 거기에는 또한 그릇이 깨질 때 마지막으로 내뱉게 될 짧고 강렬한 탄식이 들어 있다. 모든 그릇들에는 작은 세계 하나가 무너지는 소리가 들어 있다.

그릇을 만들 때 우리는 그 소리들을 같이 만든다. 또는 우리가 그릇을 만드는 동안 그릇은 그 소리들을 만든다고 해야 할지도 모르겠다. 그것들은 무겁게 가라앉은 식탁의 침묵 속에 달그락거리는 숟가락 소리로 끼어든다. 이제 막 돌아서서 헤어지는 연인들 사이에 마침표를 찍듯이 '딸깍' 찻잔 내려놓는 소리로 끼어든다. 그것들은 절대 먼저 입을 여는 법이 없지만 모든 것에 반응한다. 무관심에는 무관심으로, 분노에는 분노로, 슬픔에는 슬픔으로 응답한다.

우리는 그것들을 그릇으로 사용하지만 그것들은 자신들이 악기라고 생각할지 모른다. 그릇을 만드는 것은 우리의 일이다. 악기의 삶을 사는 것은 그들의 일이다.

4

윤택수

훔친 책, 빌린 책, 내 책

훔친 책

아르튀르 랭보는 곧잘 책을 훔쳤다고 한다. 엄연한 천재였으니 그는 책을 빨리 읽었을 것이고, 읽고 싶은 욕구를 누르기도 어려웠을 것이고, 그리하여 마을 서점의 책에 눈독을 들이기도 했음직하다. 그런 그에게 누가 물었다고 한다. 책을 훔치는 것은 어쩌고저쩌고 하는 힐문이었겠다. 이에 대한 랭보의 대꾸는 과연 큰곰자리의 주막집 주인답지 않은가. "글쎄, 그게 말이지, 책은 훔치기보다 다 읽은 책을 제자리에 갖다놓기가 더 어렵더란 말이야."

세상에 훔친 물건을 둘 곳은 어디에도 없다고 체호프가 그의 단편소설 「골짜기」 말미에서 이야기하고 있는데, 이것은 반쯤은 진실이다. 훔친 물건을 둘 곳이 없기는 왜 없겠는가. 둘러보면 보이느니 서랍이고 선반이고 캐비닛이고 참깨의 동굴인 것을. 그 책꽂이에는 그 길모퉁이 서점에서 훔쳐온 책들이 가득하다. 하긴 뭐, 들키지만 않으면 그만이지, 책들은 거기에서 누군가가 빨리 훔쳐가기를 기다리고 있다.

책도둑은 도둑도 아니라는 말이 있다. 장발장이 빵을 훔친 것은 아주 사소한 일이었는데 파리 경시청의 순사 나리들이 지나치게 실적 채우기에 급급했었노라는 추측도 광범위하게 퍼져 있다. 담장 너머로 뻗어 나오는 덩굴장미를 꺾어드는 우아한 손의 임자도 있고, 임꺽정과 장길산과 로빈 후드의 계보가 풋풋하게 떠도는가 하면, 역성혁명易姓革命이니 민의民意의 만조기滿潮期니 하는 큰 도둑들의 훔치기는 건곤일척의 지략이라 해서 회자·증폭·연구·재평가되고 있기도 하다. 어떻게 책도둑 이야기를 하다가 민족중흥의 기수까지 와버렸는고.

그나저나 문제는 다른 곳에도 있다. 곧 훔쳐온 책을 꼼꼼하게 읽기는 읽느냐이다. 이정환의 장편소설 『샛강』에 책도둑을 잡고 보니 친한 벗의 아들이었고, 그 전에 놈의 방에 가보니 그동안 잃어버렸던 책들이 가지런히 꽂혀 있더라는 삽화가 나온다. 그 녀석 정도만 되어도 썩 괜찮은 셈인데, 대부분의 경우 훔쳐온 책은 대접을 옳게 받지 못하고 흩어져간다. 훔친 책을 남에게 권하거나 선물로 준다는 쑥스러운 정황에서부터 헌책방에 헐값으로 흘러드는 가슴 아픈 경우도 없지는 않을 것이다. 참으로 헛되고 요망스러운 행로를 걷게 되기 십상이다. 훔침당한 책이 가는 마지막 자리에는 쓸쓸한 의자가 놓여 있다.

결국 책도둑도 도둑임에는 틀림이 없다. 솔직히 말해서 현재 우리 경제는 책 살 돈이 없어서 읽고 싶은 책을 훔칠 수밖에 없는 딱한 정도야 넘어서고 있다. 가슴속의 동계動悸와 손가락 끝의 긴장과 호흡의 불규칙함을 즐기는 사람이 아니라면, 책을 훔칠 필요가 거의 없는 것이다. 책을 훔쳐도 좋으니 제발 좀 읽어라 하고 억지 쓸 수도 있으나, 불현듯 책도둑이 그립기도 하다.

책은 정신적인 물질이라서 그에 따른 곁가지가 여러 갈래로 옴작거리고 있다. 훔쳐라. 정신적인 물질이라고 했을 때에, 그 '정신'을 날렵하고 완전하고 아름답게 훔쳐 버려라. 세상 최하의 악서惡書에서도 훔치는 이의 눈썰미와 쓰임새에 맞는 소금 결정이 반짝거리고 있음을 본다.

그리고 아르튀르 랭보의 대구에 우리는 구결口訣 몇 마디를 덧붙일 수 있다. 책을 갖다놓기가 몇 배나 더 어렵단 말이지? 해봤어? 정말 해보다가 들켜봤이? 이 상처투성이의 영혼아. 책을 가장 잘 훔치는 것은 스스로 책을 쓰는 것이다. 어차피 우리는 프로메테우스의 후예 아니던가.

빌린 책

책도둑은 도둑이 아니라는 말과 함께 찌들고 몰염치하고 의식 미분화 상태의 시대를 우리 모두가 지내왔음을 바늘 끝처럼 쿡쿡 찌르는 말이 또 하나 있으니, 곧 빌린 책을 돌려주는 것은 바보짓이라는 이상한 미신이 그것이다.

사람의 마음은 대체로 자신에게 유리한 쪽으로 기울어져 있게 마련이어서, 이 책을 빌리고 빌려주는 마당에서도 우리는 손익계산서에 빨간 숫자를 긋고 있다. 빌려줬다가 받지 못한 그 책들은 지금 어디에서 눈물 빼고 있을까, 내 다시는 빌려주지 않으리라 다짐하고 다짐하는 우리지만, 며칠 후 벗의 방에 가서 당연하다는 듯이 몇 권의 책을 빌려오고, 그 며칠 후 후배 녀석에게 마뜩지 않은 심정으로 몇 권의 책을 빌려준다.

빌려온 책을 반납하기를 게을리하는 심리의 메커니즘은 무엇일까. 거꾸로 자기가 보고 나서 간직해두는 책 가운데에서 두고두고 꺼내 읽는 책이 몇 권이나 될까. 아마 스무 권이 넘지는 않겠지. 최대한으로 잡아도 백 권까지야 하겠어? 그것들을 뺀 나머지 중에서 나는 그로부터 빌려온 것이야, 이런 방패막이도 있기는 있을 것이다.

언젠가 국어 선생을 하는 한 녀석이 장항에서 살 때였는데, 그가 하숙하는 방에 갔더니 딱 한 권의 책이, 책등이 보이지 않게 꽂혀 있는 것이었다. 참, 에드가 앨런 포의 미스터리 입문서도 보지 않은 처사로고. 그것을 뽑아보았더니 70년대 말에 평민사에서 펴낸 장 주네의 소설 『도둑 일기』였다. 번역한 이의 교양이 주네의 석고 주걱 같은 문장을 유리섬유처럼 쨍그랑거리는 우리말 문어체로 다듬어낸 그 책을 나는 아예 탐독했었고 그에게 빌려준 적이 있었던 것이다.

그는 그 책을 읽기는 분명 읽었을 터였다. 주네의 변태스러움과 그 책을 책꽂이에 꽂은 이의 그것이 엇비슷할 것이라고 누가 오해하면 어쩌나 하는 순량한 염려가 책등이 보이지 않게 배려한 것이겠다고 나는 넘겨짚었고, 물론 내가 먼저 기억을 상기시켜서 나의 책을 반납하라고 요구했으며, 그는 선선하게 혹은 흔쾌하게 그러라고 대답했다. 지금 무슨 소리가 들리지 않는가. 그때 그 『도둑 일기』가 기뻐하며 내지르는 환희의 송가가. 그때부터 나는 책을 속상하게 만든 그를 내심으로 경멸하고 있다.

벗에게, 사랑하는 후배에게, 마음에 새긴 여인에게 책을 빌려주는 재미를 아는 사람은 안다. 또 책을 빌리는 수지맞은 듯한 흐뭇함을 모르는 사람은 드물다. 이 두 경우가 '딸각' 하는 소리가 나게 만나는 경우라면 모르되, 되도록 책을 빌리는 구걸 행각은 슬슬 집어치우는 게 좋다. 그거 오래도록 찜찜하더라고. 이렇게 말하는 나는 벗으로부터 『태백산맥』검고 붉은 열 권의 책을 빌려온 지 1년이 가까워온다. 종이 가방 속에 넣어서 반납해야겠다. 캔맥주 두어 개와 주문진 오징어 한 마리쯤도 함께 반납해야지. 잘 봤어, 정말이야, 마지막에 염상구가 핏줄 뚜벅거리는 것이라든가 염상진의 무덤가에서 마지막 빨치산들이 미사를 드리는 따위가 달콤한 감상에 빠져 허우적거리는 게 영 보기 안쓰러웠지만, 술이나 마셔라.

찰스 램의 인간 분류법은 간명하고도 유쾌하다. 세상에는 두 부류의 인간이 있는데, 빌리는 사람과 빌려주는 사람이로다. 빌리는 사람의 계산되어지고 연습되어진 비굴한 연기, 빌려주는 사람의 계산할 수 없고 연습해도 마찬가지인 의연한 연기. 나는 빌리지 않겠어. 빌려주지도 않겠어. 나아가서 나는 백 권이 넘어서는 책은 가지지도 않겠어. 그 백 권 중에 무엇인가를, 누군가가 빌려달라고 하면 어떻게 하나. 빌려줘야지 어떻게 해. 그리고 또 한 권 사야지.

내 책

우선, 내가 쓴 책은 내 책이다. 자신이 쓴 책을 눈에 잘 띄는 곳에 융단을 깔고 놓아두는 작가도 있을까. 어떤 독일 작가는 자신의 책을 사전이나 편람 등 참고도서들이 있는 부분에 둔다고 쓰기도 했다. 자신의 책을 어쩔 수 없이 읽어봐야 하는 경우가 있을 터이니 방에서 쫓아내지도 못하는 것이고, 그렇다고 해서 '나는 앞으로 더 잘 쓸 것이니 이제까지의 것은 연습이나 스케치 정도로 여겨주십시오' 하고 겸손 떠는 것도 시답잖다. 오스카 와일드가 말했다는 그 이야기는 필경 낭설일 터이다. 아무려면 그랬을라고.

다음에 내가 읽은 책도 내 책이다. '나에게 영향을 준 한 권의 책'이니 '나의 애장본'이니 '나의 독서 편력'이니 하는 교양잡지나 얏념처럼 끼워넣는 기획물에는 이른바 저명인사들이 읽은 그들의 책, 곧 그들의 '내 책'이 언급되고 있는데, 너무 모범적이라는 흠이 없지는 않지만 그런대로 읽어줄 만하다. 그러므로 책을 읽어서 그럴듯한 내 책 몇 권을 정정명명 내세우는 것은 참 고요하고 고요하다.

내가 가지고 있는 책도 내 책이다. 내가 읽으려고 작정하고 있는 책도 내 책이다. 빌려볼 가능성이 있는 책과 훔쳐서라도 읽어야겠다고 끙끙거리는 책도 내 책이다. 내가 잃어버린 책도 내 책이다. 내가 불쏘시개로 뜯어낸 책도 내 책이다. 내가 쓸 책이야말로 내 책이다.

김용준

구와꽃

가을 소식을 제일 먼저 전해주는 꽃이 있다. 흐린 공기와 때묻은 나뭇잎들만이 어른거리는 서울의 거리를 거닐다보면, 가다오다 좁다란 골목 속 행랑살이 문 앞에 혹은 쓰레기통 옆에 함부로 심어 컸을망정 난만爛漫하게 피어 하늘거리는 꽃이 있다.

희고 붉고 혹은 보랏빛으로 가느다란 화판花瓣이 색술처럼 늘어지고, 씨 앉는 자리가 해바라기처럼 중심을 버티어서 한두 송이 간혹 서너 송이씩, 여름으로서는 바람이 제법 건들거리고 가을이라기에는 햇볕이 지나치게 따가운 요즈음 철기에 가련하게 피는 꽃이 있다.

서울서는 이 꽃을 구와라 혹은 칠월국화라 하고, 지방에 따라서는 왜국화倭菊花 또는 당국화唐菊花라 부르는 곳도 있다.

꽃 모양, 잎새 모양, 줄기 뻗은 꼴까지 이렇다 할 화려함도 없고 그릴듯한 품위니 이취도 보이지 않는다. 그러나 다른 꽃에서 보기 드문 보랏빛이 있다는 탓인지, 꽃철이 아닌 이 계절에 유난스럽게 씩씩하게 피어나는 탓인지, 아무런 특색이 없는데도 불구하고 어딘지 모르게 버릴 수 없는 정취情趣가 있고 애착을 주는 것이 이 꽃의 특색이다.

더군다나 훨훨 자유스럽게 넓은 화단에 피지도 못하고, 제법 값 높은 화분에나 좋은 흙에 담기지도 못했건만, 깡통 속에서 자배기 쪽 속에서 오히려 아무런 불평도 없이 낭만 浪漫하게 자유스럽게 그 개성을 충분히 발휘하는 이 꽃을 나는 존경하지 않을 수 없다.

두꺼비 연적硯滴을 산 이야기

골동집 출입을 경원敬遠한 내가 근간에는 학교에 다니는
길 옆에 꽤 진실성 있는 상인 하나가 가게를 차리고 있기로
가다오다 심심하면 들러서 한참씩 한담閑談을 하고 오는
버릇이 생겼다.

하루는 집으로 돌아오는 길에 또 이 가게에를 들렀더니
주인이 누릇한 두꺼비 한 놈을 내놓으면서 "꽤 재미나게
됐지요." 한다.

황갈색으로 검누른 유약을 내려 씌운 두꺼비 연적硯滴인
데 연적으로서는 희한한 놈이다.

사오십 년래로 만든 사기沙器로서 흔히 부엌에서 고추
장, 간장, 기름 항아리로 쓰는 그릇 중에 이따위 검누른 약
을 바른 사기를 보았을 뿐 연적으로서 만든 이 종류의 사기
는 초대면이다.

두꺼비로 치고 만든 모양이나 완전한 두꺼비도 아니요,
또 개구리는 물론 아니다.

툭 튀어나온 누깔과 떡 버티고 앉은 사지四肢며 아무런
굴곡이 없는 몸뚱어리 ─ 그리고 그 입은 바보처럼 '헤' 하
는 표정으로 벌린 데다가, 입속에는 파리도 아니요 벌레도
아닌, 무언지 알지 못할 구멍 뚫린 물건을 물렸다.

콧구멍은 금방이라도 벌룸벌룸할 것처럼 못나게 뚫어졌고, 등어리는 꽁무니에 이르기까지 석 줄로 두드러기가 솟은 듯 쭉 내려 얽게 만들었다.

그리고 유약을 갖은 재주를 다 부려가면서 얼룩얼룩하게 내려 부었는데, 그것도 가슴 편에는 다소 희멀끔한 효과를 내게 해서 구석구석이 교巧하다느니보다 못난 놈의 재주를 부릴 대로 부린 것이 한층 더 사랑스럽다.

요즈음 골동가들이 본다면 거저 준대도 안 가져갈 민속품이다. 그러나 나는 값을 물을 것도 없이 덮어놓고 사기로 하여 가지고 돌아왔다. 이날 밤에 우리 내외간에는 한바탕 싸움이 벌어졌다.

쌀 한 되 살 돈이 없는 판에 그놈의 두꺼비가 우리를 먹여 살리느냐는 아내의 바가지다.

이런 종류의 말다툼이 우리 집에는 한두 번이 아닌지라 종래는 내가 또 화를 벌컥 내면서 "두꺼비 산 돈은 이놈의 두꺼비가 갚아줄 테니 걱정 말아"라고 소리를 쳤다. 그러한 연유로 나는 이 잡문을 또 쓰게 된 것이다.

잠꼬대 같은 이 한 편의 글 값이 행여 두꺼비 값이 될는지 모르겠으나, 내 책상머리에 두꺼비 너를 두고 이 글을 쓸 때 네가 감정을 가진 물건이라면 필시 너도 슬퍼할 것이다.

너는 어째 그리도 못생겼느냐. 눈알은 왜 저렇게 튀어나오고 콧구멍은 왜 그리 넓으며, 입은 무얼 하자고 그리도 컸느냐. 웃을 듯 울 듯한 네 표정! 곧 무슨 말이나 할 것 같아서 기다리고 있는 나에게 왜 아무런 말이 없느냐. 가장 호사스럽게 치레를 한다고 네 몸은 얼쑹덜쑹하다마는 조금도 화려해 보이지는 않는다. 흡사히 시골 색시가 능라주속綾羅綢屬을 멋없이 감은 것처럼 어색해만 보인다.

앞으로 앉히고 보아도 어리석고 못나고 바보 같고…….

모로 앉히고 보아도 그대로 못나고 어리석고 멍텅하기만 하구나.

내 방에 전등이 휘황하면 할수록 너는 점점 더 못나게만 보이니, 누가 너를 일부러 심사를 부려서까지 이렇게 만들었단 말이냐.

네 입에 문 것은 그게 또 무어냐.

필시 장난꾼 아이 녀석들이 던져준 것을 파리인 줄 속아서 받아 물었으리라.

그러나 뱉아버릴 줄도 모르고.

준 대로 물린 대로 엉거주춤 앉아서 울 것처럼 웃을 것처럼 도무지 네 심정을 알 길이 없구나.

너를 만들어서 무슨 인연으로 나에게 보내주었는지 너의 주인이 보고 싶다.

나는 너를 만든 너의 주인이 조선 사람이란 것을 잘 안다.

네 눈과, 네 입과, 네 코와, 네 발과, 네 몸과, 이러한 모든 것이 그것을 증명한다.

너를 만든 솜씨를 보아 너의 주인은 필시 너와 같이 어리석고 못나고 속기 잘 하는 호인好人일 것이리라.

그리고 너의 주인도 너처럼 웃어야 할지 울어야 할지 모르는 성격을 가진 사람일 것이리라.

내가 너를 왜 사랑하는 줄 아느냐.

그 못생긴 눈, 그 못생긴 코, 그리고 그 못생긴 입이며 다리며 몸뚱어리들을 보고 무슨 이유로 너를 사랑하는지를 아느냐.

거기에는 오직 하나의 커다란 이유가 있다.

나는 고독한 사람이기 때문이다!

나의 고독함은 너 같은 성격이 아니고서는 위로해줄 수

없기 때문이다.

　두꺼비는 밤마다 내 문갑 위에서 혼자서 잔다. 나는 가끔 자다 말고 버쩍 불을 켜고 나의 사랑하는 멍텅구리 같은 두꺼비가 그 큰 눈을 희멀건히 뜨고서 우두커니 앉아 있는가를 살핀 뒤에야 다시 눈을 붙이는 것이 일쑤다.

이태준

벽

뉘 집에 가든지 좋은 벽면을 가진 방처럼 탐나는 것은 없다. 넓고 멀찍하고 광선이 간접으로 어리는, 물속처럼 고요한 벽면, 그런 벽면에 낡은 그림이나 한 폭 걸어놓고 혼자 바라보고 앉았는 맛, 그런 벽면 아래에서 생각을 소화하며 어정거리는 맛, 더러는 좋은 친구와 함께 바라보며 화제 없는 이야기로 날 어둡는 줄 모르는 맛, 그리고 가끔 다른 그림으로 갈아 걸어보는 맛, 좋은 벽은 얼마나 생활이, 인생이 의지할 수 있는 것일까!

어제 K군의 입원으로 S병원에 가보았다. 새로 지은 병실, 이등실, 세 침대가 서로 좁지 않게 주르르 놓여 있고 앞에는 널따란 벽면이 멀찌가니 떠 있었다. 간접광선인 데다 크림빛을 칠해 한없이 부드럽고 은은한 벽이었다.

우리는 모두 좋은 벽이라 하였다. 그리고 아까운 벽이라 하였다. 그렇게 훌륭한 벽면에는 파리 하나 머물러 있지 않았다.

다른 벽면도 그랬다. 한 군데는 문이 하나, 한 군데는 유리창이 하나 있을 뿐, 넓은 벽면들은 모두 여백인 채 사막처럼 비어 있었다. 병상에 누운 환자들은 그 사막 위에 피곤한 시선을 달리고 달리고 하다가는 머무를 곳이 없어 그만 눈을 감아버리곤 하였다.

나는 감방의 벽면이 저러려니 생각되었다. 그리고 더구나 화가인 K군을 위해서 그 사막의 벽면에다 만년필의 잉크라도 한 줄기 뿌려놓고 싶었다.

벽이 그립다.

멀찍하고 은은한 벽면에 장정 낡은 옛 그림이나 한 폭 걸어놓고 그 아래 고요히 앉아보고 싶다. 배광背光이 없는 생활일수록 벽이 그리운가 보다.

고독

댕그렁!

가끔 처마 끝에서 풍경이 울린다.

가까우면서도 먼 소리는 풍경 소리다. 소리는 그것만 아니다. 산에서 마당에서 방에서 벌레 소리들이 비처럼 온다.

벌레 소리! 우는 소릴까? 우는 것으로 너무 맑은 소리!

쏴- 바람도 지난다. 풍경이 또 울린다.

나는 등燈을 바라본다. 눈이 아프다. 이런 밤엔 돋우고 낮추고 할 수 있어 귀여운 동물처럼 애무할 수 있는 남폿불이었으면.

지금 내 옆에는 세 사람이 잔다. 아내와 두 아기다. 그들이 있거니 하고 돌아보니 그들의 숨소리가 인다.

아내의 숨소리, 제일 크다. 아기들의 숨소리, 하나는 들리지도 않는다. 이들의 숨소리는 모두 다르다. 지금 섬돌 위에 놓여 있을 이들의 세 신발이 모두 다른 것과 같이 이들의 숨소리는 모두 한가지가 아니다. 모두 다른 이 숨소리들을 모두 다를 이들의 발소리들과 같이 지금 모두 저대로 다른 세계를 걸음 걷고 있는 것이다. 이들의 꿈도 모두 그럴 것이다.

나는 무엇을 하고 무엇을 생각하고 앉았는가?

자는 아내를 깨워볼까, 자는 아기들을 깨워볼까. 이들을 깨우기만 하면 이 외로움은 물러갈 것인가?

　인생의 외로움은 아내가 없는 데, 아기가 없는 데 그치는 것일까. 아내와 아기가 옆에 있되 멀리 친구를 생각하는 것도 인생의 외로움이요, 오래 그리던 친구를 만났으되 그 친구가 도리어 귀찮음도 인생의 외로움일 것이다.

　고요한 밤 산가에 일어나 앉아 말이 없네
　山堂靜夜坐無言
　쓸쓸하고 적막한 것이 본래 자연의 모습이러니
　寥寥寂寂本自然

　얼마나 쓸쓸한가!
　무섭긴들 한가!
　무섭더라도 우리는 결국 이 요요적적寥寥寂寂에 돌아가야 할 것 아닌가!

백석

개

저녁물이 끝난 개들이 하나둘 기슭으로 모입니다. 달 아래서는 개들도 뼉다귀와 새끼 똥아리를 물고 깍지 아니합니다. 행길에서 걷던 걸음걸이를 잊고 마치 밑물의 내음새를 맡는 듯이 제 발자국 소리를 들으려는 듯이 고개를 쑥— 빼고 머리를 쳐들고 천천히 모래장변을 거닙니다. 그것은 멋이라 없이 칠월 강변의 칠게를 생각게 합니다. 해변의 개들이 이렇게 고요한 시인이 되기는 하늘에 쏘구랑별들이 자리를 바꾸고 먼바다에 뱃불이 물길을 옮는 동안입니다,

산탁 방성의 개들은 또 무엇에 놀라 짖어내어도 이 기슭에 서 있는 개들은 세상의 일을 동딸이 짖으려 하지 아니합니다. 마치 고된 업고를 떠나지 못하는 족속을 어리석다는 듯이 그리고 그들은 그 소리에서 무엇을 찾으려는 듯이 무엇을 생각하는 듯이 우뚝 서서 고개를 들고 귀를 기울입니다. 그들은 해변의 숭엄한 철인들입니다.

밤이 들면 물속의 고기들이 숨구막질을 하는 때이니 이때이면 이 기슭의 개들도 든덩의 벌인 배 위에서 숨구막질을 시작합니다.

그들은 그들의 일이 끝나도, 언제까지나 바닷가에 우둑

하니 서서 주춤거리며 기슭을 떠나려 하지 아니합니다. 저 달이 제집으로 돌아간 뒤에야 올 조금의 들물에게 무슨 이야기나 있는 듯이.

가마구

바람 부는 아침에는 기슭에 한불 가마구가 앉습니다. 그들은 먼 촌수의 큰아버지의 제사에 쓸어 모인 가난한 일가들입니다.

겨울 바다의 해가 올라와도 바람이 멎지 않는 아침과 고깃배들이 개포를 나지 못하는 비바람 설레는 저녁은 가마구들이 바다의 승둥을 물려받는 때이니 그들은 이리하여 바다의 당손이 됩니다.

아침이면 밤물에 떠들어온 강아지의 송장을 놓고 욕심 많은 제관인 가마구들은 고개를 주억주억 제사를 드립니다. 마치 먼 할아버지의 성묘를 하는 정성 없는 자손같이.

바닷사람들이 모래장변에 왕구새의 자리를 펴고 참치를 말리는 시절엔 참대 끝에 가마구의 송장을 매어 달아 그 자리 가에 세웁니다. 이는 죽음의 사자인 가마구들에게 죽음의 두려움을 가르치려는 어리석은 지혜입니다.

제 종족의 송장 아래서 가마구들은 썩은 송장 파던 그 쥐두미를 덩싯거리며 무서운 저주를 사특한 이웃인 이 바닷사람들에게 뱉는 것입니다. 그러다도 그 영리한 지혜가 말하기를 바닷사람들의 이러한 버릇이 그들을 두려워하고 위하는 표이리라고 그리하여 바닷사람들은 그들의 죽은 종족을 높이 받들어 참치를 제물로 괴이고 졸곡제를 지내는 것이라고 하면 그때엔 바닷가의 제사장인 가마구들은 제 종족의 죽음을 우러러 받드는 이 바닷사람들을 까욱까욱 축복하면서 먼 소나무 가지로 날아가 앉습니다. 이는 제 종족이 죽어 제사를 받는 때 그 제터에 가까이하지 않는 것으로 죽은 종족의 명복을 비는 그들의 예절과 풍속을 지키는 까닭입니다.

그러나 가마구들은 바닷사람들과 원수질 것을 까욱까욱 울며 맹세하였습니다.

어느 때에 바닷사람늘은 대 끝에 죽은 가마구 대신에 미치 닭이채같이 검은 헝겊을 매어 달았습니다. 또 민지 없는 낚시코에 피도 같지 않은 가마구의 죽지 하나를 꿰어 달기도 하였습니다,

그 뒤로 가마구들은 늙은 사공이 사랑하는 부둑 개가 기

슭으로 나오면 그 모진 쥐두미로 개의 등어리와 엉덩이를 쿡쿡 쪼아 울려놓고야 맙니다. 바닷사람들의 참치 자리 위에 묽은 횟대똥을 찔― 하고 싸 깔기며 시원하다 합니다.

그리하여 이 노염 많은 사자들이 농신의 사당에 부지런히 조사를 보러 나아가서는 바닷사람들을 잡아오란 구신의 영을 그렇게도 감감하니 기다리는 것입니다.

어린아이들

바다에 태어난 까닭입니다.

바다의 주는 옷과 밥으로 잔뼈가 굵은 이 바다의 아이들께는 그들의 어버이가 바다로 나가지 않는 날이 가장 행복된 때입니다. 마음놓고 모래장변으로 놀러 나올 수 있는 까닭입니다.

굴깝지 위에 낡은 돛대를 들보로 세운 집을 지키며 바다를 모르고 사는 사람들을 부러워하며 자라는 그들은 커서는 바다로 나아가여야 합니다.

바다에 태어난 까닭입니다.

흐리고 풍랑 센 날 집안에서 여울의 노대를 원망하는 어버이들은 어젯날의 뱃놀이를 폭이 되었다거나 아니 되었다거나 그들에게는 이 바다에서는 서풍 끝이면 으레이 오는 소낙비가 와서 그들의 사랑하는 모래텀과 아끼는 옷을 적시지만 않으면 그만입니다.

밀물이 쎄는 모래장변에서 아이들은 모래성을 쌓고 바다에 싸움을 겁니다.

물결이 그들의 그 튼튼한 성을 허물지 못하는 것을 보고 그들은 더욱 승승하니 그 작은 조마구들로 바다에 모래를 뿌리고 조악돌을 던집니다. 바다를 시멸시키고야 말 듯이.

그러나 얼마 아니하여 두던의 작은 노리가 그들을 부르면 그들은 그렇게도 순하게 그렇게도 헐하게 성을 비우고 싸움을 벌입니다.

해 질 무리에 그들이 다시 아버지를 따라 기슭에 몽당불을 놓으러 불가로 나올 때면 들물이 성을 헐어버린 뒤이나 그때는 벌써 그들이 옛 성과 옛 싸움을 잊은 지 오래입니다.

바다의 아이들은 바다에 놀래이지 아니합니다.

바다가 그 무서운 혜끝으로 그들의 발끝을 핥아도 그들은 다소곤이 장변에 앉아서 꼬누를 둡니다.

지렁이같이 그들은 고요히 도랑 치고 밭 가는 역사를 합니다.

손가락으로 많은 움물을 팠다가는 발뒤축으로 모다 메워버립니다.

바닷물을 손으로 움켜내어서는 맛도 보지 않고 누가 바다에 소금을 두었다고 동무를 부릅니다.

바다에 놀래이지 않는 그들인 탓에 크면은 바다로 나아가여야 하는 바다의 작은 사람들입니다.

동해

동해여— 오늘밤은 이렇게 무더워 나는 맥고모자를 쓰고 삐루를 마시고 거리를 거닙네. 맥고모자를 쓰고 삐루를 마시고 거리 거닐면 어데서 넉넉한 비릿한 짠물 내음새 풍겨 오는데 동해여 아마 이것은 그대의 바윗등에 모래장변에 날미역이 한불 널린 탓인가본데 미역 널린 곳엔 방게가 어성기는가 또요가 씨양씨양 우는가 안마을 처녀가 누구를 기다리고 섰는가 또 나와 같이 이 밤이 무더워서 소주에 취한 사람이 기우듬히 누웠는가. 분명히 이것은 날미역의 내음새인데 오늘 낮 물기가 쳐서 물가에 미역이 많이 떠들어 온 것이겠지.

이렇게 맥고모자를 쓰고 삐루를 마시고 날미역 내음새 맡으면 동해여 나는 그대의 조개가 되고 싶습네. 어려서는 꽃조개가 자라서는 명주조개가 늙어서는 강에지조개가. 기운이 나면 혀를 빼어 물고 물속 십 리를 단숨에 날고 싶습네. 달이 밝은 밤엔 해정한 모래장변에서 달바래기를 하고 싶습네. 궂은비 부실거리는 저녁엔 물 위에 떠서 애원성이나 부르고 그리고 햇살이 간지럽게 따뜻한 아침엔 이남박 같은 물바닥을 오르락내리락하고 놀고 싶습네. 그리고 그리고 내가 정말 조개가 되고 싶은 것은 잔잔한 물 밑 보드라운 세모래 속에 누워서 나를 쑤시러 오는 어여쁜 처녀들의 발뒤꿈치나 쓰다듬고 손길이나 붙잡고 놀고 싶은 탓입네.

동해여 — 이렇게 맥고모자를 쓰고 삐루를 마시고 조개가 되고 싶어하는 심사를 알 친구란 꼭 하나 있는데, 이는 밤이면 그대의 작은 섬 — 사람 없는 섬이나 또 어느 외진 바위 판에 떼로 몰켜 올라서는 눕고 앉았고 모두들 세상 이야기를 하고 지껄이고 잠이 들고 하는 물개들입네. 물에 살아도 숨은 물 밖에 대고 쉬는 양반이고 죽을 때엔 물 밑에 가라앉아 바윗돌을 붙들고 절개 있게 죽는 선비이고 또 때로는 갈매기를 따르며 노는 한량인데 나는 이 친구가 좋아서 칠월이 오기 바쁘게 그대한테로 가여야 하겠습네.

이렇게 맥고모자를 쓰고 삐루를 마시고 친구를 생각하기는 그대의 언제나 자랑하는 털게에 청포채를 무친 맛나는 안주 탓인데 나는 정말이지 그대도 잘 아는 함경도 함흥 만세교 다리 밑에 님이 오는 털게 맛에 혜가 우손이를 치고 사는 사람입네. 하기야 또 내가 친하기로야 가재미가 빠질 겝네. 회국수에 들어 일미이고 식해에 들어 절미지. 하기야 또 버들개 통구이가 좀 좋은가. 횟대 생성 된장지짐이는 어떻고. 명태골국, 해삼탕, 도미회, 은어젓이 다 그대 자랑감이지. 그리고 한 가지 그대나 나밖에 모를 것이지만 꾕메리는 아래 주둥이가 길고 꽁치는 위 주둥이가 길지.

이것은 크게 할 말 아니지만 산뜻한 청삿자리 위에서 전복회를 놓고 함소주 잔을 거듭하는 맛은 신선 아니면 모를 일이지.

이렇게 맥고모자를 쓰고 삐루를 마시고 전복에 해삼을 생각하면 또 생각나는 것이 있습네. 칠팔월이면 으레이 오는 노랑 바탕에 꺼먼 등을 단 제주 배 말입네. 제주 배만 오면 그대네 물가엔 말이 많아지지. 제주 배 아즈맹이 몸집이 절구통 같다는 둥, 제주 배 아맹인 조밥에 소금만 먹는다는 둥, 제주 배 아즈맹이 언제 어느 모롱고지 이슥한 바위 뒤에서 혼자 해삼을 따다가 무슨 일이 있었다는 둥…… 참 말이 많지. 제주 배 들면 그대네 마을이 반갑고 제주 배 나면 서운하지. 아이들은 제주 배를 물가를 놀아 따르고 나귀는 산등성에서 눈을 들어 따르지. 이번 칠월 그대한테로 가선 제주 배에 올라 제주 색시하고 살럽네. 내가 이렇게 맥고모자를 쓰고 삐루를 마시고 제주 색시를 생각해도 미역 내음새에 내 마음이 가는 곳이 있습네. 조개껍질이 나이금을 먹는 물살에 낱낱이 키가 자라는 처녀 하나가 나를 무척 생각하는 일과 그대 가까이 송진 내음새 나는 집에 아내를 잃고 슬피 사는 사람 하나가 있는 것과 그리고 그 영어를 잘하는 총명한 사년생 금이가 그대네 홍원군 홍원면 동상리에서 난 것도 생각하는 것입네.

이상

산촌여정山村餘情 _ 성천 기행 중의 몇 절

향기로운 MJB의 미각을 잃어버린 지도 20여 일이나 됩니다. 이곳에는 신문도 잘 안 오고 체신부는 이따금 '하도롱(연두)'빛 소식을 가져옵니다. 거기는 누에고치와 옥수수의 사연이 적혀 있습니다. 마을 사람들은 멀리 떨어져 사는 일가 때문에 수심이 생겼나 봅니다. 나도 도회에 남기고 온 일이 걱정이 됩니다.

건너편 팔봉산에는 노루와 멧돼지가 있답니다. 그리고 기우제 지내던 개골창까지 내려와서 가재를 잡아먹는 '곰'을 본 사람도 있습니다. 동물원에서밖에 볼 수 없는 짐승, 산에 있는 짐승들을 사로잡아다가 동물원에 갖다 가둔 것이 아니라, 동물원에 있는 짐승들을 이런 산에다 내어놓아

---

* 이 글의 특별함은 "「산촌여정」은 이상이 우리나라에서 가장 뛰어난 에세이스트임을 예증하는 산문"이라고 한 시인 오규원이, 읽기 쉽도록 직접 한자를 한글로 바꾸고 낮춤법을 높임법으로 바꾼 글이라는 점입니다. 오규원은 이상의 생애와 작품과의 관계를 이해할 수 있도록, 다음과 같은 짧은 설명을 덧대었습니다. "그가 다방 '제비', 카페 '학', 다방 '69' 등의 경영에 연속으로 실패하고, 금홍에 이어 두 번째로 사귄 순옥이 친구 J와 결혼하자 서울을 탈출하여 발 닿은 곳에 멈춘 곳이 성천成川이다. 여기에서 한국문학사상 가장 빛나는 에세이가 씌어졌는데, 그 작품이 바로 「산촌여정」이다. 『매일신보』(1935. 9. 27~10. 11)에 연재되었다."

준 것만 같은 착각을 자꾸만 느낍니다. 밤이 되면, 달도 없는 그믐 칠야漆夜에 팔봉산도 사람이 침소로 들어가듯이 어둠 속으로 아주 없어져버립니다.

그러나 공기는 수정처럼 맑아서 별빛만으로라도 넉넉히 좋아하는 「누가복음」도 읽을 수 있을 것 같습니다. 그리고 또 참 별이 도회에서보다 갑절이나 더 많이 나옵니다. 하도 조용한 것이 처음으로 별들의 운행하는 기척이 들리는 것도 같습니다.

객줏집 방에는 석유 등잔을 켜놓습니다. 그 도회지의 석간과 같은 그윽한 내음새가 소년 시대의 꿈을 부릅니다. 정형! 그런 석유 등잔 밑에서 밤이 이슥하도록 '호까'煙草匣紙 붙이던 생각이 납니다. 베짱이가 한 마리 등잔에 올라앉아서 그 연둣빛 색채로 혼곤한 내 꿈에 마치 영어 '티'자를 쓰고 건너 긋듯이 유다른 기억에다는 군데군데 언더라인을 하여 놓습니다. 슬퍼하는 것처럼 고개를 숙이고 도회의 여차장이 차표 찍는 소리 같은 그 성악을 가만히 듣습니다. 그러면 그것이 또 이발소 가위 소리와도 같아집니다. 나는 눈까지 감고 가만히 또 자세히 들어봅니다.

그리고 비망록을 꺼내어 머룻빛 잉크로 산촌의 시정을 기초합니다.

그저께신문을찢어버린
때묻은흰나비
봉선화는아름다운애인의귀처럼생기고
귀에보이는지난날의기사

얼마 있으면 목이 마릅니다. 자리물 ─ 심해처럼 가라앉은 냉수를 마십니다. 석영질 광석 내음새가 나면서 폐부에 한난계와 같은 길을 느낍니다. 나는 백지 위에 그 싸늘한 곡선을 그리라면 그릴 수도 있을 것 같습니다.

청석 얹은 지붕에 별빛이 내리쪼이면 한겨울에 장독 터지는 것 같은 소리가 납니다. 벌레 소리가 요란합니다. 가을이 이런 시간에 엽서 한 장에 적을 만큼씩 오는 까닭입니다. 이런 때 참 무슨 재조로 광음을 헤아리겠습니까? 맥박 소리가 이 방 안을 방째 시계를 만들어버리고 장침과 단침의 나사못이 돌아가느라고 양쪽 눈이 번갈아 간즐간즐합니다. 코로 기계기름 내음새가 드나듭니다. 석유 등잔 밑에서 졸음이 오는 기분입니다.

'파라마운트' 회사 상표처럼 생긴 도회 소녀가 나오는 꿈을 조금 꿉니다. 그러다가 어느 사이에 도회에 남겨두고 온 가난한 식구들을 꿈에 봅니다. 그들은 포로들의 사진처럼 나란히 늘어섭니다. 그리고 내게 걱정을 시킵니다. 그러면 그만 잠이 깨어버립니다.

죽어버릴까 그런 생각을 하여봅니다. 벽 못에 걸린 다 해어진 내 저고리를 쳐다봅니다. 서도 천리를 나를 따라 여기 와 있습니다그려!

등잔 심지를 돋우고 불을 켠 다음 비망록에 철필로 군청빛 '모'를 심어갑니다. 불행한 인구가 그 위에 하나하나 탄생합니다. 조밀한 인구가ㅡ.

내일은 진종일 화초만 보고 놀리라, 탈지면에다 알콜을 묻혀서 온갖 근심을 문지르리라, 이런 생각을 먹습니다. 너무도 꿈자리가 뒤숭숭하여서 그러는 것입니다. 화초가 피어 만발하는 꿈 '그라비어' 원색판 꿈 그림책을 보듯이 즐겁게 꿈을 꾸고 싶습니다. 그러면 간단한 설명을 위하여 상쾌한 시를 지어서 7포인트 활자로 배치하는 것도 좋습니다.

도회에 화려한 고향이 있습니다. 활엽수만으로 된 산이 고향의 시각을 가려버린 이 산촌에 팔봉산 허리를 넘는 철골 전주가 소식의 제목만을 부호로 전하는 것 같습니다.

아침에 볕에 시달려서 마당이 부시럭거리면 그 소리에 잠이 깹니다. 하루라는 '짐'이 마당에 가득한 가운데 새빨간 잠자리가 병균처럼 활동입니다. 끄지 않고 잔 석유등잔에 불이 그저 켜진 채 소실된 밤의 흔적이 낡은 조끼 '단추'처럼 남아 있습니다. 작야昨夜를 방문할 수 있는 요비링입니다. 지난밤의 체온을 방 안에 내어던진 채 마당에 나서면 마당 한 모퉁이에는 화단이 있습니다. 불타오르는 듯한 맨드라미꽃 그리고 봉선화.

지하에서 빨아올리는 이 화초들의 정열에 호흡이 더워오는 것 같습니다. 여기 처녀 손톱 끝에 물들을 봉선화 중에는 흰 것도 섞였습니다. 흰 봉선화도 붉게 물들까— 조금도 이상스러울 것 없이 흰 봉선화는 꼭두시니빛으로 곱게 물듭니다.

수수깡 울타리에 오렌지빛 유자가 열렸습니다. 당콩넝쿨과 어우러져서 세피아빛을 배경으로 하는 일폭의 병풍입니다. 이 끝으로는 호박넝쿨 그 소박하면서도 대담한 호박꽃에 스파르타식 꿀벌이 한 마리 앉아 있습니다. 농황색濃黃色에 반영되어 '세실 B. 데밀'의 영화처럼 화려하며 황금색으로 치사합니다. 귀를 기울이면 르네상스 응접실에서 들리는 선풍기 소리가 납니다.

야채사라다에 놓이는 아스파라가스 잎사귀 같은 또 무슨 화초가 있습니다. 객줏집 아해에게 물어봅니다. '기상꽃', 기생화란 말입니다. 무슨 꽃이 피나. 진홍비단꽃이 핀답니다.

선조가 지정하지 아니한 조셋트치마에 웨스트민스터 궐련券煙을 감아놓은 것 같은 도회의 기생의 아름다움을 연상하여봅니다. 박하보다도 훈훈한 리그레추윙껌 내음새 두꺼운 장부를 넘기는 듯한 그 입맛 다시는 소리, 그러나 아마 여기 필 기생꽃은 분명히 혜원 그림에서 보는 것 같은, 혹은 우리가 소년 시대에 보던 떨떨이 인력거에 홍일산紅日傘 받은 지금은 지난날의 삽화인 기생일 것 같습니다.

청둥호박이 열렸습니다. 호박 꼬자리에 무 시루떡, 그

훅훅 끼치는 구수한 김에 쫓아서 증조할아버지의 시골뜨기 망령들은 정월 초하룻날, 한식날 오시는 것입니다. 그러나 저 국가 백년의 기반을 생각케 하는 넓적하고도 묵직한 안정감과 침착한 색채는 럭비구를 안고 뛰는 이 제네레이션의 젊은 용사의 굵직한 팔뚝을 기다리는 것도 같습니다.

유자가 익으면 껍질이 벌어지면서 속이 삐져나온답니다. 하나를 따서 실끝에 매어서 방에다가 걸어둡니다. 물방울져 떨어지는 풍염豐艶한 미각 밑에서 연필같이 수척하여 가는 이 몸에 조금씩 조금씩 살이 오르는 것 같습니다. 그러나 이 야채도 과실도 아닌 유머러스한 용적에 향기가 없습니다. 다만 세숫비누에 한 겹씩 한 겹씩 해소되는 내 도회의 육향이 방 안에 배회할 뿐입니다.

팔봉산 올라가는 초경草徑 입구 모퉁이에 최○○의 송덕비와 또 ○○○○ 아무개의 영세 물방비가 항공우편 포스터처럼 서 있습니다. 듣자니 그들은 다 아직도 생존하여 계시다 합니다. 우습지 않습니까.

교회가 보고 싶었습니다. 그래서 예루살렘 성역을 수만 리 떨어져 있는 이 마을의 농민들까지도 사랑하는 신 앞에서 회개하고 싶었습니다. 발길이 찬송가 소리 나는 곳으로 갑니다. 포플러나무 밑에 염소 한 마리를 매어놓았습니다. 구식으로 수염이 났습니다. 나는 그 앞에 가서 그 총명한 동공을 들여다봅니다. 셀룰로이드로 만든 정교한 구슬을 오브라드로 싼 것같이 맑고 총명하고 깨끗하고 아름답습니다. 도색桃色 눈자위가 움직이면서 내 삼정三停과 오악五岳이 고르지 못한 빈상貧相을 업신여기는 중입니다,

옥수수밭은 일대 관병식觀兵式입니다. 바람이 불면 갑주甲胄 부딪치는 소리가 우수수 납니다. 카아마인빛 꼬꼬마(실 끝에 종이오리나 새털을 붙여 날리는 어린이 장난감의 한 가지—오규원 주)가 뒤로 휘면서 너울거립니다. 팔봉산에서 총소리가 들렸습니다. 장엄한 예포 소리가 분명합니다. 그러나 그것은 내 곁에서 소조小鳥의 간을 떨어뜨린 공기총 소리였습니다. 그러면 옥수수밭에서 백, 황, 흑, 회 또 백, 가지각색의 개가 퍽 여러 마리 열을 지어서 걸어나옵니다. 센슈알한 계절의 흥분이 이 코삭크관병식을 한층 더 화려하게 합니다.

산삼이 풀어져 흐르는 시내 징검다리 위에는 백채白菜 씻은 자취가 있습니다. 풋김치의 청신한 미각이 안약 스마

일을 연상시킵니다. 나는 그 화성암으로 반들반들한 징검 다리 위에 삐뚤어진 N자로 쪼그리고 앉았노라면 시야에 물동이를 이고 주저하는 두 젊은 새악씨가 있습니다. 나는 미안해서 일어나기는 났으면서도 일부러 마주보면서 그리 로 걸어갑니다. 스칩니다. 하도롱빛 피부에서 푸성귀 내음 새가 납니다.

코코아빛 입술은 머루와 다래로 젖었습니다. 나를 아니 보는 동공에는 정제된 창공이 간쓰메가 되어 있습니다.

M백화점 미소노 화장품 스위트 걸이 신은 양말은 이 새 악씨들의 피부색과 똑같은 소맥빛이었습니다. 빼뜨름히 붙인 초유선형 모자, 고양이 배에 화스너를 장치한 가뿟한 핸드백 이렇게 도회의 참신하다는 여성들을 연상하여봅니 다. 그리고 새벽 아스팔트 구르는 창백한 공장 소녀들의 회 충과 같은 손가락을 연상하여봅니다. 그 온갖 계급의 도회 여인들, 연약한 피부 위에는 그네들의 빈부를 묻지 않고 온 갖 육중한 지문을 느끼지 않습니까.

그러나 가난하나마 무명같이 튼튼한 피부 위에 오점이 없고 '추윙껌', '초콜레이트' 대신에 응어리는 빼어 먹고 달

짝지근한 꼬아리를 불며 송글송글한 이 시골 새악씨들을 더 나는 끔찍히 알고 싶습니다. 축복하여주고 싶습니다. 교회는 보이지 않습니다. 도회인의 교활한 시선이 수줍어서 수풀 사이로 숨어버리고 종소리의 여운만이 근처에 내음새처럼 남아서 배회하고 있습니다. 혹 그것은 안식을 잃은 내 영혼이 들은 바 환청에 지나지 않았는지도 모릅니다.

조밭 한복판에 높은 뽕나무가 있습니다. 뽕 따는 새악씨가 전공부電工夫처럼 높이 나무 위에 올랐습니다. 순백의 가장 탐스러운 과실이 열렸습니다. 둘이서는 나무에 오르고 하나가 나무 밑에서 다랭이를 채우고 있습니다. 한두 닢만 따도 다랭이가 철철 넘는 민요의 무대면입니다.

조 이삭은 다 말라 죽었습니다. 콜크처럼 가벼운 이삭이 근심스럽게 고개를 숙였습니다. 오— 비야 좀 오려므나. 해면처럼 물을 빨아들이고 싶어 죽겠습니다. 그러나 하늘은 금禁한 듯이 구름이 없고 푸르고 맑고 또 부숭부숭하니 깊지 못한 뿌리의 SOS가 암반 아래를 흐르는 지하수에 다다르겠습니까.

두 소년이 고무신을 벗어 들고 시냇물에 발을 잠가 고기를 잡습니다. 지상의 원한이 스며 흐르는 정맥, 그 불길하고 독한 물에 어떤 어족이 살고 있는지, 시내는 대지의 신열을 뚫고 벌판 기울어진 방향으로 흐르고 있습니다. 그것은 가을의 풍설風說입니다.

가을이 올 터인데 와도 좋으냐고 쏘근쏘근하지 않습니까. 조 이삭이 초례청 신부가 절할 때 나는 소리같이 부수수 구깁니다. 노회老獪한 바람이 조 잎새에게 난숙爛熟을 최촉催促하는 것입니다. 그러나 조의 마음은 푸르고 초조하고 어립니다. 조밭을 어지러뜨린 자는 누구냐. 기왕 안 될 조여든. 그런 마음으로 그랬나요. 몹시 어지러뜨려 놓았습니다. 누에, 호호戶戶에 누에가 있습니다. 조 이삭보다도 굵직한 누에가 삽시간에 뽕잎을 먹습니다. 이 건강한 미각은 왕후와 같이 지존至尊스러우며 사치스럽습니다. 새악씨들은 뽕 심부름 하는 것으로 몸의 마지막 영광을 삼습니다. 그러나 뽕이 떨어졌습니다. 온갖 폐백幣帛이 동이 난 것과 같이 새악씨들의 정열은 허둥지둥하는 것입니다.

야음을 타서 새악씨들은 경장輕裝으로 나섭니다. 얼굴의 홍조가 가르치는 방향으로 뽕나무에 우승배가 놓여 있습니다. 그리로만 가면 되는 것입니다. 조밭을 짓밟습니다.

자외선에 맛있게 끄을은 새악씨들의 발이 그대로 조 이삭을 무찌르고 스크럼입니다. 그리하여 하늘에 닿을 지성이 천고마비 잠실 안에 있는 성스러운 귀족 가축들을 살찌게 하는 것입니다. 코렛트부인의 「빈묘牝描」를 생각케 하는 말캉말캉한 로맨스입니다.

간이학교 곁집 길가에서 들여다보이는 방에 틀이 떠돌고 있습니다. 편발 처자가 맨발로 기계를 건드리고 있습니다. 그러면 기계는 허리를 스치는 가느다란 실이 간지럽다는 듯이 깔깔깔깔 대소하는 것입니다. 웃으며 지근대며 명산 ○○명주가 짜여 나오니 열댓 자 수건이 성묘갈 때 입을 때때를 만들고 시집살이 설움을 씻어주고 또 꿈과 꿈을 말소하는 쓰레받이도 되고, 이렇게 실없는 내 환희입니다.

담배 가게 곁방 안에는 오늘 황혼을 미리 가져다놓았습니다. 침침한 몇 가론의 공기 속에 생생한 침엽수가 울창합니다. 황혼에만 사는 이민 같은 이국 초목에는 순백의 갸름한 열매가 무수히 열렸습니다. 고치, 귀화한 마리아들이 최신 지혜의 과실을 단려端麗한 맵시로 따고 있습니다. 그 아들의 불행한 최후를 슬퍼하며 크리스마스츄리를 헐어 들어가는 피에타 화폭 전도全圖입니다.

학교 마당에는 코스모스가 피어 있고 생도들은 글을 배우고 있습니다. 그들은 열심히 간단한 산술을 놓아 그들의 정직과 순박을 지혜와 교활로 환산하고 있습니다. 탄식할 이식산利息算이 아니겠습니까. 족보를 찢어버린 것과 같은 흰 나비가 두어 마리 백묵 내음새 나는 화단 위에서 번복飜覆이 무상합니다. 또 연식 테니스공의 마개 뽑는 소리가 음향의 흔적이 되어서는 등고선의 각점 모양으로 남아 있는 것 같습니다. 이 마당에서 오늘밤에 금융조합 선전 활동사진회가 열립니다. 활동사진? 세기의 총아, 온갖 예술 위에 군림하는 넘버 제8예술의 승리. 그 고답적이고도 탕아적인 매력을 무엇에다 비하겠습니까. 그러나 이곳 주민들은 활동사진에 대하여 한낱 동화적인 꿈을 가진 채 있습니다. 그림이 움직일 수 있는 이것은 참 홍모紅毛 오랑캐의 요술을 배워가지고 온 것 같으면서도 같지 않은 동포의 부러운 재간입니다.

활동사진을 보고 난 다음에 맛보는 담백한 허무, 장주호접몽이 이러하였을 것입니다. 나의 동글납작한 머리가 그대로 카메라가 되어 피곤한 더블렌즈로나마 몇 번이나

이 옥수수 무르익어가는 초추의 정경을 촬영하였으며 영사하였는가, 플래시백으로 흐르는 엷은 애수, 도회에 남아 있는 몇 고독한 팬에게 보내는 단상의 스틸이외다.

밤이 되었습니다. 초열흘 가까운 달이 초저녁이 조금 지나면 나옵니다. 마당에 멍석을 펴고 전설 같은 시민이 모여듭니다. 축음기 앞에서 고개를 갸웃거리는 북극 펭귄새들이나 무엇이 다르겠습니까. 짧고도 기다란 인생을 적어내려갈 편전지便箋紙, 스크린이 박모薄暮 속에서 바이오그래피의 예비 표정입니다. 내가 있는 건너편 객줏집에 든 도회풍 여인도 왔나 봅니다. 사투리의 합음이 마당 안에서 들립니다.

시작입니다. 부산 잔교가 나타납니다. 평양 모란봉입니다. 압록강 철교가 역사적으로 돌아갑니다. 박수와 갈채, 태서의 명감독이 바야흐로 안색이 없습니다. 십 분 휴식 시간에 조합 이사의 통역부 연설이 있었습니다.

달은 구름 속에 있습니다. 금연이라는 느낌입니다. 연설하는 이사 얼굴에 전등의 스포트도 비쳤습니다. 산천초목이 다 경동할 일입니다. 전등, 이곳 촌민들은 ○○행자동차

헤드라이트 외에 전등을 본 일이 없습니다. 그 눈이 부시게 밝은 광선 속에서 창백한 이사는 강단降壇하였습니다. 우매한 백성들은 이 이사의 웅변에 한 사람도 박수치지 않습니다. ─물론 나도 이 우매한 백성 중의 하나일 수밖에 없었습니다만은─.

밤 열한 시나 지나서 영화 감상의 밤은 해피엔드였습니다. 조합원들과 영사기사는 이 촌 유일의 음식점에서 위로회를 열었습니다. 나는 객사로 돌아와서 죽어가는 등잔 심지를 돋우고 독서를 시작하였습니다. 그것은 이웃 방에 묵고 계신 노신사께서 내 나태와 우울을 훈계하는 뜻으로 빌려주신 고우다 로한幸田露伴 박사의 지은 바 『사람의 길人の道』이라는 진서입니다. 개가 멀리서 끊일 사이 없이 짖어 댑니다. 그윽한 '하이칼라' 방향을 못 잊어 군중은 아직도 헤어지지 않나 봅니다.

구름이 걷히고 달이 나왔습니다. 벌레가 무도회의 창문을 열어놓은 것처럼 왓작 요란스럽습니다. 알지 못하는 노방의 사람〔人〕을 사모하는 도회인적인 향수가 있습니다. 신간 잡지의 표지와 같이 신선한 여인들, 넥타이와 동갑인 신사들 그리고 창백한 여러 친구들, 나를 기다리지 않는 고향, 도회에 내 나체의 말씀을 번안하여 보내주고 싶습니다. 잠, 성경을 채자하다가 엎질러버린 인쇄 직공이 아무렇게나 주워담은 지리멸렬한 활자의 꿈, 나도 갈갈이 찢어진 사도가 되어서 세 번 아니라 열 번이라도 굶는 가족을 모른다고 그럽니다.

근심이 나를 제한 세상보다 큽니다. 내가 갑문閘門을 열면 폐허가 된 이 육신으로 근심의 저수가 스며들어옵니다. 그러나 나는 나의 메소이스트 병마개를 아직 뽑지는 않습니다. 근심은 나를 싸고 돌며 그러는 동안에 이 육신은 풍마우세風磨雨洗로 저절로 다 말라 없어지고 말 것입니다.

밤의 슬픈 공기를 원고지 위에 깔고 창백한 친구에게 편지를 씁니다. 그 속에는 자신의 부고도 동봉하여 있습니다.

당신과 나 사이에, 탱자 향이 훅 하고 끼치기를
엮은이의 말

탱자는 작고 노란 귤과의 열매입니다. 귤보다 생김이 또록 또록하지만, 그 맛은 달콤하지도 수굿하지도 않습니다. 쓰임이 적어 잊힌 채, 이제는 남도의 끄트머리 묵정밭에 겨우 자생하고 있는 탱자나무 그루들을 몇, 볼 수 있을 뿐입니다.

어린 시절, 시골집 담장은 탱자나무 울타리였습니다. 길과 집 사이에 둘러쳐진 탱자나무는 새끼손가락만 한 초록색 가시를 잔뜩 돋우고 그 뾰족한 울 안에, 달을 감춘 구름처럼 둥글고 샛노란 탱자알을 어룽어룽 감추고 있었습니다.

탱자나무 가시에 찔려 누군가 다쳤다는 말은 들은 적이 없으니, 탱자나무 가시는 하나의 상징입니다. 사람에게도 작은 짐승들에게도, 이 울을 넘지 말라는 따끔한 말씀 같은 것입니다. 오히려 해침보다는 유용한 쓰임이 많았습니다.

어린 내가 어쩌다 체하거나 생목이 올라오면 할머니는 탱자나무 가시를 끊어다 엄지손톱 위를 찔러 핏방울이 맺히게 했습니다. 갈래머리를 따줄 때면 끝을 댓돌에 문질러 뭉툭하게 만든 탱자가시로 가르마를 갈랐습니다. 물기를 머금은 생가시가 앞머리께부터 정수리를 긋고 지나며 내던 한 줄기 가느다란 길, 그 감각이 떠올라 지금 이 순간 머리꼭지가 시큰합니다.

어른들이 강에서 다슬기를 잡아오는 저녁이면, 아이들은 탱자나무로 달려가 가시를 꺾었습니다. 가시 끝에서 강바닥의 퇴적층 같은 다슬기의 청록색 꼬리가 또르르르 딸려나왔더랬습니다.

가시를 돋우고 있으면서도, 가까이 다가가면 비강을 혹 건드리며 일순간에 정신을 환기시키는 그 향기라니요. 향기만 아니라면, 탱자나무의 유난히 긴 가시는 어쩌면 과잉방어인 셈입니다. 줄기 끝에 화려하고 탐스런 꽃을 피운 것도 아니고, 달고 맛난 과실을 매단 것도 아니니까요. '탱자는 고와도 발길에서 놀고 유자는 얽었어도 손에서 논다'던 동네 어른들의 고자누룩한 말 속에, '남귤북지南橘北枳' 같은 고사성어에, 못난 과실의 예로나 등장하는 그 탱자입니다.

삶이 따순 물기 없이 푸석해지고 등 뒤가 기댈 데 없이 헛헛해진 것이, 가족 구성원 중에 더 이상 '할'자를 붙여 부를 이가 없어지면서부터라고 여깁니다. 할머니와 함께, 가르마를 타주던 손길도, 탱자나무 가시도, 탱자울도 사라졌습니다. 탱자꽃과 탱자향기와 탱자도.

여기 이 책에 수록된 글들이 '탱자'와 같다는 생각을 합니다.

작가들은 소설을 쓰는 소설가, 시를 쓰는 시인입니다, 산문이 맨 앞을 수식하지 않습니다. 화가, 사진가 등 다른 예술 분야의 작가들도 마찬가지입니다. 이 산문들은 그들이 일로써 애써 쌓아 올린 것이 아니라 살면서 자연스럽게 내뱉어진 날숨 같습니다. 예술의 지반 위에 구축된 것이 아니라 일상의 토양 위에서 피어난 것들에 가깝습니다.

그런데도 이 짧은 산문들은, 어떤 소중한 것들에 반응하는 우리의 감각을 일깨웁니다. 오직 탱자만이 낼 수 있는 향기와, 진초록 가시울 안에 매달린 샛노란 열매의 뚜렷한 보색, 다슬기의 꼬리 끝까지 딸려 나오게 하는 예각으로, 세상의 현상과 사물을 보고 만지고 냄새 맡고 느끼는 우리 내부의 돌기들을 부르르 일어서게 합니다. 읽기 전의 나와 읽은 후의 내가 다르다고 말할 수 있을 만큼 빼어나게 아름다운 향과 색과 촉을 지닌 글들을, 차마 혼자 알기 아까운 글들을, 오래 고르고 골랐습니다.

우리들의 일상에, 현대의 시간에 탱자를 다시 돌아오게

하고 싶습니다. '한국산문선'이라는 어마어마한 주제를 앞에 두고 어쩌면 고작 '탱자'라는 제목을 붙인 이유가 그 때문입니다.

　탱자
　탱자
　탱자,

하고 탱자가 입에서 입으로 불리워지길. 불리우는 순간, 부르는 이와 듣는 이 사이에서, 당신과 나 사이에, 탱자 향이 훅 하고 끼치기를, 그리하여 이 작은 책이 다시 그 탱자를 지금 우리 삶 속에 맺히게 하기를 바랍니다.
　당신께, 탱자를 드립니다.

수록문 출처

1

오규원　「한 양종 나팔꽃과 함께」,『길 밖의 세상』, 나남, 1987
　　　　「탱자나무의 시절」,『무릉의 저녁』, 눈빛, 2017

김지연　「부덕이」,『전라선』, 열화당, 2019

김서령　「사과」,『참외는 참 외롭다』, 나남, 2014
　　　　「과꽃이 피었다」,『참외는 참 외롭다』, 나남, 2014

유소림　「발자국」,『퇴곡리 반딧불이』, 녹색평론사, 2008
　　　　「산 것들, 죽은 것들」,『퇴곡리 반딧불이』, 녹색평론사, 2008

윤후명　「나무의 이름」,『나에게 꽃을 다오 시간이 흘린 눈물을 다오』,
　　　　중앙북스, 2010
　　　　「보랏빛 꽃을 손에 들고」,『나에게 꽃을 다오 시간이 흘린
　　　　눈물을 다오』, 중앙북스, 2010

장석남　「아주 조그만 평화를 위하여」,『물의 정거장』, 난다, 2015
　　　　「가만히 깊어가는 것들」,『물의 정거장』, 난다, 2015

2

오정희　「나이 드는 일」,『내 마음의 무늬』, 황금부엉이, 2006
　　　　「낙엽을 태우며」,『내 마음의 무늬』, 황금부엉이, 2006

박완서　「트럭 아저씨」,『두부』, 창비, 2002

함민복　「찬밥과 어머니」,『눈물은 왜 짠가』, 책이있는풍경, 2014
　　　　「죄와 선물」,『섬이 쓰고 바다가 그려주다』, 시공사, 2021

김화영　「이삿짐과 진실」,『바람을 담는 집』, 문학동네, 1996

법정　　「탁상시계 이야기」,『무소유』, 범우사, 1976

정현종　「메와 개똥벌레」,『생명의 황홀』, 세계사, 1989
　　　　「재떨이, 대지의 이미지」,『날아라 버스야』, 문학판, 2015

권정생　「목생 형님」,『빌뱅이 언덕』, 창비, 2012

3

김영태   「풍경·E 베니스에서의 죽음」,『지구 위의 조그마한 방』,
지식산업사, 1977
「풍경·F 애칭에 대해서」,『지구 위의 조그마한 방』,
지식산업사, 1977

강운구   「어디에 누울 것인가」,『강운구 사진론』, 열화당, 2010
「길에서 길을 잃다」,『강운구 사진론』, 열화당, 2010

황병기   「깊은 밤, 그 가야금 소리」,『깊은 밤, 그 가야금 소리』,
풀빛, 2012

신영복   「나의 숨결로 나를 데우며」,『감옥으로부터의 사색』,
돌베개, 2018

안규철   「어린 시절 창가에서」,『아홉 마리 금붕어와 먼 곳의 물』,
현대문학, 2013
「그릇들」,『사물의 뒷모습』, 현대문학, 2021

4

윤택수   「훔친 책, 빌린 책, 내 책」,『훔친 책 빌린 책 내 책』,
디오네, 2016

김용준   「구와꽃」,『새 근원수필』, 열화당, 2009
「두꺼비 연적을 산 이야기」,『새 근원수필』, 열화당, 2009

이태준   「벽」,『무서록』, 범우사, 2003
「고독」,『무서록』, 범우사, 2003

백석   「해빈수첩」,『정본 백석 소설·수필』, 문학동네, 2019
「동해」,『정본 백석 소설·수필』, 문학동네, 2019

이상   「산촌여정」,『날자, 한번만 더 날자꾸나』, 현대문학, 2006

봄날의책 한국산문선

탱자

초판 1쇄 발행 2021년 11월 10일
초판 3쇄 발행 2022년 6월 30일
엮은이 박미경
지은이 강운구, 권정생, 김서령, 김영태, 김용준,
김지연, 김화영, 박완서, 백석, 법정, 신영복, 안규철,
오규원, 오정희, 유소림, 윤택수, 윤후명, 이상,
이태준, 장석남, 정현종, 함민복, 황병기

발행인 박지홍
발행처 봄날의책
등록 제311-2012-000076호 (2012년 12월 26일)
서울 종로구 창덕궁4길 4-1 401호
전화 070-4090-2193 E-mail springdaysbook@gmail.com

기획·편집 박지홍, 주리빈
디자인 공미경
인쇄·제책 한영문화사

ISBN 979-11-86372-91-3 03810